FERNANDO PESSOA

ER SELBST

Poesia – Poesie

Aus dem Portugiesischen übersetzt,
herausgegeben und mit Anmerkungen versehen von
Inés Koebel

Mit einem Nachwort von
Egon Ammann

S. FISCHER

Erschienen bei S. FISCHER

Der Band erscheint in Fortführung der Fernando-Pessoa-Ausgabe,
die im Ammann Verlag begonnen wurde.
Herausgegeben von Egon Ammann

Satz: Pinkuin Satz und Datentechnik, Berlin
Druck und Bindung: CPI books GmbH, Leck
Printed in Germany
ISBN 978-3-10-010132-7

Ich bin eine Anthologie.
Schreibe in solcher Vielfalt,
Daß niemand, sei der Gedichte Wert
Groß oder gering, sagen wird,
Daß als Dichter ich nur einer bin.

Fernando Pessoa

ER SELBST

Poesia – Poesie

Vorbemerkung der Herausgeberin und Übersetzerin

Der vorliegende Band versammelt eine Auswahl aus über tausend Gedichten, Gedichtfragmenten, Entwürfen und Sentenzen, die Fernando Pessoa mit seinem eigenen Namen zeichnete, also keinem seiner Heteronyme zuschrieb. Nicht mit aufgenommen in diese Anthologie sind die von Pessoa ebenfalls unter seinem Namen verfaßten Werke *Mensagem* (Botschaft), *Rubaiyyat* (von Omar Khayyam inspirierte Vierzeiler) und *Quadras* (Vierzeiler), die auch in Portugal bisher stets nur separat veröffentlicht wurden.

Meine Auswahl orientiert sich an den drei Bänden *Fernando Pessoa: Poesia 1902–1917; 1918–1930; 1931–1935*, die Manuela Parreira da Silva, Ana Maria Freitas und Madalena Dine 2005 und 2006 bei Assírio & Alvim innerhalb der neuen und erweiterten Werkausgabe herausgegeben haben. Eine weitere Grundlage bildet die von João Dionísio, Ivo Castro und Luís Prista edierte und zwischen 2000 und 2005 bei der Imprensa Nacional – Casa da Moeda erschienene kritische Ausgabe *Poemas de Fernando Pessoa* (bisher vier Bände). Auch die von Adolfo Casais Monteiro herausgegebene Anthologie *Poesia de Fernando Pessoa*, Editorial Presença, Lisboa 2006, 3. Auflage, sowie der von Richard Zenith herausgegebene Band *Poesia do Eu* (*Obra Essencial de Fernando Pessoa* II), Assírio & Alvim, Lisboa 2006, wurden hinzugezogen. All diese Ausgaben sind die Frucht der Arbeit unermüdlicher Forscher und Forscherteams, die es sich in den Jahren 1935 bis 2005 zur Aufgabe gemacht haben, Pessoas poetischen Nachlaß zu sichten und in oft mühevoller Kleinarbeit zu entziffern und zu transkribieren. Zu des Dichters Lebzeiten wurde, mit Ausnahme von *Mensagem* (1934), seinem patriotischen, hymnischen Gedichtzyklus zum Ruhme Portugals, nur ein Bruchteil seines heteronymen und orthonymen Werks in verschiedenen von ihm gegründeten Literaturzeitschriften veröffentlicht, was nicht etwa auf mangelndes Interesse seitens der Verleger und Verlage zurückzuführen war, sondern vielmehr auf Pessoas in den letzten Lebensjahren zunehmend ablehnende Haltung gegenüber Salazars Kulturpolitik und seine eigene Unentschiedenheit, in welcher Form eine Veröffentlichung geschehen sollte. Vorschläge oder Pläne seinerseits gab es etliche. Nichts aber wurde realisiert. Somit wissen wir auch bei Pessoas orthonymen Gedichten nicht, in welcher Fassung und in welchem Unfang er sie letztendlich publiziert hätte. Da die Gedichte vielfach von Wort- und Satzvarianten gekennzeichnet sind, habe ich mich, wie auch bei meinen vorherigen Übersetzungen, weitgehend an die im Textcorpus vom Autor korrigierte Fassung gehalten und von ihm vermerkte Varianten angegeben, wenn mir diese aufschlußreich und für den Leser von Interesse schienen.

Der Band schließt Gedichte ein, die zu Pessoas Lebzeiten oder ab 1935 posthum in verschiedenen Verlagen und Ausgaben veröffentlicht wurden. Darunter auch erstmals 2005 erschienene Gedichte *(Die andere Liebe; Das Leben des Arthur Rimbaud; Die Fäulnis gebiert Blumen; Sie war eine entthronte Königin).* Sie sind hier fast ausnahmslos in chronologischer Reihenfolge zu finden, wobei ich nicht datierte Gedichte dem textuellen Zusammenhang entsprechend eingefügt habe. Einige sind ungewisser Zuordnung *(Tagebuch im Schatten; Tramway; Die Hähne krähen, und ich bin sturzbetrunken; Der Hund, der aus dem Abgrund kam)*, d.h., die eine Fraktion der portugiesischen Pessoa-Forscher und -Herausgeber schreibt sie Pessoa/Campos zu, die andere wiederum Pessoa ipse. Da sie aber alle unzweifelhaft aus ein und derselben Feder stammen und ich sie dem deutschen Leser nicht vorenthalten wollte, habe ich mich über das Verwirrspiel von Pessoas vielfältigem Ich hinweggesetzt und sie hier mit aufgenommen. Die im Original weitgehend in gebundenen Versen verfaßten

Gedichte habe ich, um eine möglichst große inhaltliche Originaltreue zu bewahren, bis auf einige wenige, in freie Verse übertragen.

Um zu zeigen, daß Pessoas orthonymes Werk ebenso vielfältig und vielstimmig ist wie sein heteronymes, habe ich mich von seiner thematischen und schriftstellerischen Vielfalt leiten lassen. So wird der geneigte Leser in diesem Band einen elegischen, epischen und mystischen Pessoa finden, einen sehnsuchtsvollen, pathetischen und nüchternen, einen kritischen, politischen und bisweilen humorvollen, wechselhaft in Tonfall und Stilebene.

Sein erstes Gedicht soll er bereits im Alter von sieben Jahren verfaßt haben. Es ist uns jedoch nur in der Handschrift seiner Mutter, der er zeit seines Lebens überaus eng verbunden war, überliefert. Möglicherweise hat sie es für ihren noch kleinen Sohn ins reine geschrieben. Da es aus diesem Grund einer gewissen Authentizität entbehrt und zudem von Pessoa selbst viele Jahre später in leicht abgewandelter Form wiedergeben wurde, haben es die portugiesischen Herausgeber nur erwähnt und nicht unmittelbar in ihre Ausgabe mit aufgenommen. Es lautet:

Meiner geliebten Mama

O portugiesisches Land
O Land in dem ich kam zur Welt
So sehr ich dich auch mag
Mama mir am besten gefällt.

Ich erwähne es hier ebenfalls, um zugleich auf eines der letzten großen Gedichte Pessoas, *Un Soir à Lima*, hinzuweisen. Eine sowohl von Luzidität und Bewußtheit als auch von Pathos geprägte Elegie in Erinnerung an seine Mutter, geschrieben wenige Wochen vor seinem Tod am 30. 11. 1935.

Inés Koebel

P'ra que serve a razão
Senão p'ra conhecer
Que sabemos em vão
O que viemos saber?

Minha alma é uma galera abandonada
    Numa praia deserta …
Das águas da maré no preiamar banhada
E ao baixamar meio secada ao sol descoberta [?].

Uma galera abandonada pelos sonhos
    Que não morreram mas se foram
Não sei para onde … São tristonhos
Os dias cujas tardes sobre a galera choram [?].

Deixai que hora corra por entre os dedos …
Chamemos os sonhos outra vez, ao nosso lugar de □
Aonde nessa praia deserta e com rochedos
A nossa alma é uma galera abandonada.

5. 7. 1911

Wozu dient der Verstand
Außer der Erkenntnis
Daß wir unnütz wissen
Was wir wissen?

Meine Seele ist eine verlassene Galeere
    An einem menschenleeren Strand …
Von den Gezeiten in der Flut gebadet,
Bei Ebbe der Sonne schutzlos ausgesetzt.

Eine Galeere verlassen von den Träumen,
    Nicht gestorben und doch gegangen
Wohin, ich weiß es nicht … Traurig
Die Tage, deren Abende über der Galeere weinen. [?]

Laßt die Zeit zwischen den Fingern zerrinnen …
Uns die Träume noch einmal zurückrufen an unseren □ Ort,
Diesen menschenleeren felsigen Strand,
An dem unsere Seele eine verlassene Galeere ist.

Tão abstracta é a ideia do teu ser
Que me vem de te olhar, que, ao entreter
Os meus olhos nos teus, perco-os de vista,
E nada fica ao meu olhar, e dista
Teu corpo do meu ver tão longemente,
E a ideia do teu ser fica tão rente
Ao meu pensar olhar-te; e ao saber-me
Sabendo que tu és, que, só por ter-me
Consciente de ti, nem a mim sinto.
E assim, neste ignorar-me a ver-te, minto
À ilusão da sensação, e sonho,
Não te vendo, nem vendo, nem sabendo
Que te vejo, ou sequer que sou, risonho
Do interior crepúsculo tristonho
Em que me sonho o que me sinto sendo.

Dezembro de 1911

Die Vorstellung von deinem Wesen, die mir kommt,
Wenn ich dich betrachte, ist so abstrakt, daß, beschäftigen sich
Meine Augen mit den deinen, ich sie aus den Augen verliere
Und nichts meinem Blick bleibt und dein Körper sich
Meinem Sehen so weit entzieht
Und die Vorstellung von deinem Wesen meiner denkenden Betrachtung
So nahe kommt, daß ich mich im Wissen
Zu wissen, wer du bist, einzig weil ich vermag
Mir deiner bewußt zu sein, nicht einmal selbst mehr fühle.
Und so belüge ich, mich verleugnend, wenn ich dich sehe,
Die trügerische Wahrnehmung und träume,
Daß ich dich, nicht sehend, nicht sehe noch weiß,
Daß ich dich sehe oder gar, daß ich bin, lächelnd
Über diese trübselige innere Dämmerung,
In der ich mir träume, was ich fühle zu sein.[1]

Dezember 1911

A vida de Arthur Rimbaud

– E eu, que serei sempre como colocado ante o Longe,
– Que nunca partirei definitivamente,
– Procuro o meu sonho, embora o perca [.] do Oriente,
Mas ficarei eternamente comigo
Dentro em meu próprio sonho dele ausente.

Eu que nunca verei a aventura de perto
Que nunca beijarei os lábios da Distância
E nunca sentirei vir pra mim a fragrância
De lábios reais sob um céu outro e certo
E eternamente numa incerta [?] infância

Eternamente virgem de afastar-me
Por mais que pese sobre mim a vida
E o Lugar seja a escória endurecida
Da ânsia infiel e interior de dar-me
A um falso e eterno impulso para a Ida.

Eu que nunca serei mais que o que anseia
E já sabe, ao nascer, que não alcança
Aquilo que parece ser a esp'rança
E nem □ se recreia
Dum gesto como que de quem se elança …

Invejo a tua vida arremessada,
Atirada p'ra longe, p'ra perder-se …
Vida que abre as velas, e ei-la a encher-se
De si sem pensar em ter uma chegada,
E de estar longe sem pensar em ver-se.

Das Leben des Arthur Rimbaud

– Und ich, der ich angesichts der Ferne allzeit wie süchtig sein werde
– Der ich nie wirklich fortgehen werde
– Suche meinen Traum, obschon ich ihn [.] verliere, vom Orient,
Doch ich werde ewig bei mir bleiben
In meinem eigenen Traum und ihm fern.

Ich, der ich das Abenteuer nie aus der Nähe sehen werde,
Der ich nie die Lippen der Entfernung küssen
Und nie spüren werde, wie sich mir der Duft wirklicher Lippen nähert
Unter einem Himmel anders und gewiß
Und ewig in einer ungewissen [?] Kindheit

Ewig unerfahren im Fortgehen
So sehr das Leben auch lastet auf mir
Und der Ort die verhärtete Schlacke ist
Der vagen und inneren Sehnsucht, mich
Einem scheinbaren und ewigen Impuls zum Gehen hinzugeben.

Ich, der ich nie mehr sein werde als der, der sich sehnt
Und bereits weiß, bei seiner Geburt, daß er nicht das erreicht,
Was die Hoffnung zu sein scheint,
Noch sich □ erfreut
An einer Bewegung wie von einem, der vorwärtsstürmt …

Ich neide dir dein ungestümes Leben,
In die Ferne gerichtet, aufs Sich-Verlieren …
Ein Leben, das die Segel hißt, und schon füllt es sich
Mit sich selbst, ohne an ein Ankommen zu denken,
Füllt sich mit Fernsein, ohne den Gedanken an ein Selbst.

Invejo a tua vida e tenho dela
Que não foi minha, como que saudades,
Descem em mim obscuras ansiedades
Um mar em mim tormentas em capela
Feitas das minhas ocas saciedades.

Possuidor do Longe que sonhaste,
Torturado por tua imperfeição …
Não sei porque tu não viveste são
Flor que tanto soube ser alta na haste
Que em vício e sombra … mas desabrochaste
E a tua vida foi o teu perdão.

20. 11. 1912

A Baudelaire

As podridões geram flores
Bem o sei, ó alma doente
Ó exilado dos amores
Espírito do poente.

Ich neide dir dein Leben und habe von ihm,
Was meines nicht war, wie Sehnsüchte
Senken sich dunkle Begierden in mich
Ein Meer in mir, sich türmende Stürme
Aus dem Stoff meines eitlen Überdrusses.

Du, im Besitz der Ferne, die du träumtest
Gepeinigt von deiner Unvollkommenheit …
Ich weiß nicht, warum du nicht unbeschadet lebtest,
Blume, die sich so aufs Erhabene verstand auf ihrem Stiel,
Die in Laster und Schatten … doch du bist erblüht
Und dein Leben ward dir vergeben.

Für Baudelaire

Die Fäulnis gebiert Blumen
Ich weiß es wohl, o kranke Seele,
O Exilierter aller Lieben,
Geist der untergehenden Sonne.

A voz de deus

»Com dia teço a noite,
Com noite escrevo o dia …
Ó Universo, eu sou-te!«
(Sombra de luz na bruma fria,
Que é este archote?
Que mão o tem e o guia?)

»Não me chamo o meu nome …
Sou de ti, mundo-não,
Ser mente em ti eu sou-me!«
(De quem esta voz-clarão?
D'O que tem por cognome
O ser da imensidão)

8. 2. 1913

Die Stimme Gottes

»Mit Tag ersinne ich die Nacht,
Mit Nacht schreibe ich den Tag …
O Universum, ich bin dich!«
(Lichtschimmer im kalten Nebel,
Was bedeutet diese Fackel?
Welche Hand hält sie und lenkt sie?)

»Ich nenne mich nicht mein Name …
Ich bin von dir, Nicht-Welt,
Als Geist in dir bin ich mich!«
(Von wem kommt dieses Stimm-Leuchten?
Von Ihm, der da hat den Beinamen
Das Wesen der Unermeßlichkeit).

Impressões do crepúsculo

I

Ó sino da minha aldeia,
Dolente na tarde calma,
Cada tua badalada
Soa dentro da minh'alma

E é tão lento o teu soar,
Tão como triste da vida,
Que já a primeira pancada
Tem um som de repetida.

Por mais que me tanjas perto
Quando passo triste e errante,
És para mim como um sonho –
Soas-me sempre distante ...

A cada pancada tua,
Vibrante no céu aberto,
Sinto mais longe o passado,
Sinto a saudade mais perto.

Impressionen der Dämmerung

I

O Glocke meines Dorfes,
Wehklagend in der Abendstille
Hallt jeder deiner Schläge
In meiner Seele wider.

Du läutest so beschwert,
So wie vom Leben betrübt,
Daß schon der erste Schlag
Wie ein Echo verglüht.

So nah du mir auch läutest,
Bin traurig ich und ruhelos,
Bist wie ein Traum du für mich –
Klingst immer mir fern …

Bei jedem deiner Schläge,
Die in den offenen Himmel schwingen,
Empfind ich die Vergangenheit ferner
Und näher die Sehnsucht.

II

Pauis de roçarem ânsias pela minh'alma em ouro ...
Dobre longínquo de Outros Sinos ... Empalidece o louro
Trigo na cinza do poente ... Corre um frio carnal por
    minh'alma ...
Tão sempre a mesma, a Hora! ... Balouçar de cimos de palma! ...
Silêncio que as folhas fitam em nós ... Outono delgado
Dum canto de vaga ave ... Azul esquecido em estagnado ...
Oh que mudo grito de ânsia põe garras na Hora!
Que pasmo de mim anseia por outra coisa que o que chora!
Estendo as mãos para além, mas ao estendê-las já vejo
Que não é aquilo que quero aquilo que desejo ...
Címbalos de Imperfeição ... Ó tão antiguidade
A Hora expulsa de si-Tempo! ... Onda de recuo que invade
O meu abandonar-me a mim próprio até desfalecer,
E recordar tanto o Eu presente que me sinto esquecer! ...
Fluido de auréola, transparente de Foi, oco de ter-se ...
O Mistério sabe-me a eu ser outro ... Luar sobre o não
    conter-se ...
A sentinela é hirta – a lança que finca no chão
É mais alta do que ela ... Para que é tudo isto ... Dia chão ...
Trepadeiras de despropósito lambendo de Hora os Aléns ...
Horizontes fechando os olhos ao espaço em que são elos
    de erro ...
Fanfarras de ópios de silêncios futuros ... Longes trens ...
Portões vistos longe ... através de árvores ... tão de ferro!

[29. 3. 1913]
A Renascença 1, Fevereiro 1914

II

Sümpfe des Sehnens streifen meine vergoldete Seele …
Fernes Trauergeläut Anderer Glocken … Verblassendes Blond
Weizen in der Asche der verlöschenden Sonne … Fleischeskälte in
meiner Seele …
So sehr die immergleiche, die Stunde! … Sich wiegende Palmwipfel! …
Stille, die Blätter sehen sie in uns … Ein Anflug von Herbst
Aus dem Gesang eines unbestimmten Vogels … Vergessenes Blau im Stillstand …
Oh, welch stummer Sehnsuchtsschrei schlägt Krallen in die Stunde!
Welch Staunen über mich sehnt sich nach anderem als das, was es beweint!
Ich strecke die Hände weiter aus, und indem ich dies tue, sehe ich bereits,
Das, was ich mir wünsche, ist nicht das, was ich will …
Zimbeln der Unvollkommenheit … O so sehr Vorzeit
Die aus ihrer Zeit verstoßene Stunde! … Rückschlagende Welle, die mein
Mich-selbst-Verlassen überflutet, bis sie verebbt
Und so sehr an das gegenwärtige Ich erinnert, daß ich spüre, wie ich vergesse! …
Strahlende Aureole, durchscheinend vor Es War, hohl vor Bleiben …
Das Mysterium schmeckt nach meinem Anderssein … Mondschein über dem
Nicht-an-sich-Halten …
Der Wächter steht starr – seine auf den Boden gestemmte Lanze
Ist größer als er … Wozu dies alles … Flacher Tag …
Wildwucherndes Gewächs alles Jenseitige mit der Stunde beleckend …
Horizonte, die Augen vor dem Raum verschließend, in dem sie Glieder
des Irrtums sind …
Opiumfanfaren künftiger Stille … Ferne Züge …
Portale in der Ferne … durch Bäume hindurch gesehen … so sehr aus Eisen!

[29. 3. 1913]
A Renascença Nr. 1, Februar 1914

O outro amor

Com que fúria ergo a ideia dos meus braços
Para a ideia de ti! Com que ânsia bebo,
Os olhos pondo em teus sonhados traços,
Todo o fêmea em teu corpo de mancebo!

Teu hálito sonhado até cansaços
Como em meu vívido hálito recebo!
Ó carne que já sonho és tantos laços
Para mim! Deusa-deus; Vénus-Efebo!

Ó dolorosamente só-sonhado!
Soubesse eu o feitio exterior e o jeito
Em gestos e palavras e perfeito
As palavras a dar a este pecado
De só pensar em ti, de ter o peito
Opresso em pensar-te entrelaçado! [?]

22. 4. 1913

Die andere Liebe

Mit welchem Furor hebe ich, in der Vorstellung,
Meine Arme dir entgegen! Mit welchem Sehnen trinke ich,
Die Augen deinen erträumten Zügen zugewandt,
Das ganze Weibmännliche deines Knabenkörpers!

Deinen bis zur Erschöpfung geträumten Atem
Nehme ich auf in meinen keuchenden Atem!
O Fleisch, das ich bereits träume, so viele Bande
Bist du für mich! Göttin-Gott; Venus-Ephebe!

O schmerzlich Nur-Geträumter!
Könnte ich doch Gestalt und Wesen
In Gesten und Worte fassen,
In vollkommene Worte, diese Sünde,
Nur an dich zu denken, die Brust beengt
Dich in Umarmung verschlungen denkend! [?]

Hora absurda

O teu silêncio é uma nau com todas as velas pandas ...
Brandas, as brisas brincam nas flâmulas, teu sorriso ...
E o teu sorriso no teu silêncio é as escadas e as andas
Com que me finjo mais alto e ao pé de qualquer paraíso ...

Meu coração é uma ânfora que cai e que se parte ...
O teu silêncio recolhe-o e guarda-o, partido, a um canto ...
Minha ideia de ti é um cadáver que o mar traz à praia ...,
    e entanto
Tu és a tela irreal em que erro em cor a minha arte ...

Abre todas as portas e que o vento varra a ideia
Que temos de que um fumo perfuma de ócio os salões ...
Minha alma é uma caverna enchida p'la maré cheia,
E a minha ideia de te sonhar uma caravana de histriões ...

Chove ouro baço, mas não no lá-fora ... É em mim ...
    Sou a Hora,
E a Hora é de assombros e toda ela escombros dela ...
Na minha atenção há uma viúva pobre que nunca chora ...
No meu céu interior nunca houve uma única estrela ...

Hoje o céu é pesado como a ideia de nunca chegar a um porto ...
A chuva miúda é vazia ... A Hora sabe a ter sido ...
Não haver qualquer cousa como leitos para as naus! ... Absorto
Em se alhear de si, teu olhar é uma praga sem sentido ...

Todas as minhas horas são feitas de jaspe negro,
Minhas ânsias todas talhadas num mármore que não há,
Não é alegria nem dor esta dor com que me alegro,
E a minha bondade inversa não é boa nem má ...

Absurde Stunde

Dein Schweigen ist ein Schiff unter vollen Segeln …
Sanft spielen die Brisen in den Wimpeln, dein Lächeln …
Und dein Lächeln in deinem Schweigen, das sind die Treppen und die Stelzen,
Mit denen ich vorgebe, größer zu sein und nahe einem Paradies …

Mein Herz ist eine Amphore, die fällt und zerschellt …
Dein Schweigen liest sie auf und schiebt die Scherben in eine Ecke …
Meine Vorstellung von dir ist ein Leichnam, den das Meer an den Strand spült …,
    und dennoch
Bist du die irreale Leinwand, auf der ich meine Kunst farbig verfehle …

Öffne alle Türen, auf daß der Wind unsere Vorstellung hinwegfege,
Rauch verbreite den Duft des Müßiggangs in den Salons …
Meine Seele ist eine vom Meer überflutete Höhle,
Und meine Vorstellung, dich zu träumen, eine Karawane von Histrionen …

Es regnet mattes Gold, aber nicht im Draußen … Sondern in mir …
    Ich bin die Stunde
Und die Stunde ist voller Schrecknis, ganz Abraum ihrer selbst …
In meiner Wachheit ist eine arme Witwe, die nie weint …
An meinem inneren Himmel stand nie auch nur ein einziger Stern …

Heute ist der Himmel schwer wie die Vorstellung, nie einen Hafen zu erreichen …
Der feine Regen ist leer … Die Stunde schmeckt nach Gewesen-Sein …
Nichts zu haben, was einem Bett für Schiffe gleicht! … Versunken
In Selbstvergessenheit ist dein Blick ein sinnloser Fluch …

All meine Stunden sind aus schwarzem Jaspis,
All meine Sehnsüchte in einen Marmor geschnitten, den es nicht gibt.
Dieser Schmerz, an dem ich mich erfreue, ist weder Freude noch Schmerz,
Und meine ins Gegenteil verkehrte Güte ist weder gut noch schlecht …

Os feixes dos lictores abriram-se à beira dos caminhos ...
Os pendões das vitórias medievais nem chegaram às
    cruzadas ...
Puseram in-fólios úteis entre as pedras das barricadas ...
E a erva cresceu nas vias-férreas com viços daninhos ...

Ah, como esta hora é velha! ... E todas as naus partiram! ...
Na praia só um cabo morto e uns restos de vela falam
Do Longe, das horas do Sul, de onde os nossos sonhos tiram
Aquela angústia de sonhar mais que até para si calam ...

O palácio está em ruínas ... Dói ver no parque o abandono
Da fonte sem repuxo ... Ninguém ergue o olhar da estrada
E sente saudades de si ante aquele lugar-outono ...
Esta paisagem é um manuscrito com a frase mais bela cortada ...

A doida partiu todos os candelabros glabros,
Sujou de humano o lago com cartas rasgadas, muitas ...
E a minha alma é aquela luz que não mais haverá nos candelabros ...
E que querem ao lado aziago minhas ânsias, brisas fortuitas? ...

Porque me aflijo e me enfermo? ... Deitam-se nuas
    ao luar
Todas as ninfas ... Veio o sol e já tinham partido ...
O teu silêncio que me embala é a ideia de naufragar,
E a ideia de a tua voz soar a lira dum Apolo fingido ...

Já não há caudas de pavões todas olhos nos jardins de outrora ...
As próprias sombras estão mais tristes ... Ainda
Há rastos de vestes de aias (parece) no chão, e ainda chora
Um como que eco de passos pela alameda que eis finda ...

Die Bündel der Liktoren lösten sich an den Wegesrändern …
Die Standarten der mittelalterlichen Siege erreichten nicht einmal die
Kreuzzüge …
Man steckte nützliche Folianten zwischen die Steine der Barrikaden …
Und Gras wucherte auf den Schienenwegen wie Unkraut …

Ach, wie alt ist diese Stunde! … Und alle Schiffe sind fort! …
Am Strand sprechen nur ein lebloses Tau und ein paar Segelfetzen
Von der Ferne, den Stunden des Südens, von woher unsere Träume
Diese Qual nehmen, immer mehr zu träumen bis hin zum Verstummen …

Der Palast liegt in Trümmern … Es schmerzt, im Park den Brunnen
Zu sehen, verwahrlost, ohne Wasserspiel … Niemand blickt auf vom Weg
Und verspürt Sehnsucht nach sich selbst angesichts dieses Herbstortes …
Diese Landschaft ist ein Manuskript, dessen schönsten Satz man gestrichen hat …

Die Verrückte zerbrach alle kahlen Kandelaber,
Beschmutzte den See mit Menschlichem, mit zerrissenen Briefen, vielen …
Und meine Seele ist dieses nunmehr den Kandelabern fehlende Licht …
Was aber will an diesem unheilvollen Ort mein Sehnen, diese zufällige Brise? …

Warum gräme ich mich und mache mich krank? … Alle Nymphen legen
sich nackt
In den Mondschein … Als die Sonne kam, waren sie schon fort …
Dein Schweigen, das mich einwiegt, ist die Vorstellung, Schiffbruch zu erleiden,
Und die Vorstellung, daß deine Stimme klingt wie die Lyra eines falschen Apolls …

Keine Pfauenräder mehr, Augen allesamt in den Gärten von einst …
Selbst die Schatten sind trauriger … Noch sind (scheint es)
Spuren von Ammenkleidern auf dem Boden, und noch weint
Einer wie der Widerhall von Schritten entlang der Allee, die hier endet …

Todos os ocasos fundiram-se na minha alma …
As relvas de todos os prados foram frescas sob meus pés frios …
Secou em teu olhar a ideia de te julgares calma,
E eu ver isso em ti é um porto sem navios …

Ergueram-se a um tempo todos os remos … Pelo ouro das searas
Passou uma saudade de não serem o mar … Em frente
Ao meu trono de alheamento há gestos com pedras raras …
Minha alma é uma lâmpada que se apagou e ainda está quente …

Ah, e o teu silêncio é um perfil de píncaro ao sol!
Todas as princesas sentirem o seio oprimido …
Da última janela do castelo só um girassol
Se vê, e o sonhar que há outros põe brumas no nosso sentido …

Sermos, e não sermos mais! … Ó leões nascidos na jaula! …
Repique de sinos para além, no Outro Vale … Perto? …
Arde o colégio e uma criança ficou fechada na aula …
Porque não há-de ser o Norte o Sul? … O que está descoberto? …

E eu deliro … De repente pauso no que penso …
    Fito-te
E o teu silêncio é uma cegueira minha … Fito-te e
    sonho …
Há coisas rubras e cobras no modo como medito-te,
E a tua ideia sabe à lembrança de um sabor
    medonho …

Para que não ter por ti desprezo? Porque não perdê-lo? …
Ah, deixa que eu te ignore … O teu silêncio e um leque –
Um leque fechado, um leque que aberto seria tão belo, tão belo,
Mas mais belo é não o abrir, para que a Hora não peque …

Alle Sonnenuntergänge kamen in meiner Seele zusammen …
Die Gräser aller Wiesen waren frisch unter meinen kalten Füßen …
Aus deinem Blick schwand die Vorstellung, du seist ruhig,
Und dies in dir zu sehen mutet mich an wie ein Hafen ohne Schiffe …

Alle Ruder richteten sich gleichzeitig auf … Durch das Gold der Kornfelder
Strich ein sehnsüchtiges Bedauern, nicht das Meer zu sein … Angesichts
Meines Thrones der Selbstvergessenheit gibt es Gesten mit seltenen Steinen …
Meine Seele ist ein erloschenes noch warmes Licht …

Ach, und dein Schweigen ist der Umriß eines Gipfels in der Sonne!
Alle Prinzessinnen verspürten Beklommenheit in ihrer Brust …
Vom letzten Fenster des Schlosses aus ist nur eine einzige Sonnenblume
Zu sehen, und mehr zu träumen vernebelt uns den Verstand …

Daß wir sind, und nicht mehr sind! … O Löwen geboren in Käfigen! …
Sturmgeläut drüben, im Anderen Tal … Nahe? …
Die Schule brennt und ein Kind ist eingeschlossen im Klassenzimmer …
Warum sollte der Norden nicht der Süden sein? … Was ist entdeckt? …

Und ich verliere mich … Unvermittelt halte ich inne in meinen Gedanken …
Ich betrachte dich,
Und dein Schweigen ist eine mir eigene Blindheit … Ich betrachte dich und
träume …
Es gibt Blutrotes und Schlangen in der Art, wie ich dich meditiere,
Und dein Bild schmeckt nach der Erinnerung an einen beängstigenden
Geschmack …

Wozu sollte ich dich nicht verachten? Warum sollte ich nicht aufhören damit? …
Ach, laß mich dich nicht beachten … Dein Schweigen ist ein Fächer –
Ein geschlossener Fächer, ein Fächer, der offen so schön wäre, so schön,
Ihn aber nicht zu öffnen ist noch schöner, auf daß die Stunde nicht sündige …

Gelaram todas as mãos cruzadas sobre todos os peitos ...
Murcharam mais flores do que as que havia no jardim ...
O meu amar-te é uma catedral de silêncios eleitos,
E os meus sonhos uma escada sem princípio mas com fim ...

Alguém vai entrar pela porta ... Sente-se o ar sorrir ...
Tecedeiras viúvas gozam as mortalhas de virgens que
tecem ...
Ah, o teu tédio é uma estátua de uma mulher que há-de vir,
O perfume que os crisântemos teriam, se o tivessem ...

É preciso destruir o propósito de todas as pontes,
Vestir de alheamento as paisagens de todas as terras,
Endireitar à força a curva dos horizontes,
E gemer por ter de viver, como um ruído brusco de serras ...

Há tão pouca gente que ame as paisagens que não existem! ...
Saber que continuará a haver o mesmo mundo amanhã – como nos
desalegra! ...
Que o meu ouvir o teu silêncio não seja nuvens que atristem
O teu sorriso, anjo exilado, e o teu tédio, auréola negra ...

Suave, como ter mãe e irmãs, a tarde rica desce ...
Não chove já, e o vasto céu é um grande sorriso
imperfeito ...
A minha consciência de ter consciência de ti é uma prece,
E o meu saber-te a sorrir é uma flor murcha a meu peito ...

Ah, se fôssemos duas figuras num longínquo vitral! ...
Ah, se fôssemos as duas cores de uma bandeira de glória! ...
Estátua acéfala posta a um canto, poeirenta pia baptismal,
Pendão de vencidos tendo escrito ao centro este lema – *Vitória!*

Erstarrt sind alle über allen Brüsten gekreuzten Hände …
Verwelkt mehr Blumen als die Blumen im Garten …
Meine Liebe zu dir ist eine Kathedrale erlesener Stille,
Und meine Träume eine Treppe ohne Anfang, aber mit einem Ende …

Jemand wird durch die Tür treten … Die Luft lächelt spürbar …
Verwitwete Weberinnen erfreuen sich der jungfräulichen Leichentücher, die sie weben …
Ah, dein Überdruß ist die Statue einer Frau, die kommen wird …
Der Duft, den die Chrysanthemen hätten, wenn sie einen hätten …

Man muß den Zweck aller Brücken zerstören,
Alle Landschaften dieser Erde in Entfremdung kleiden,
Die Biegung der Horizonte gewaltsam begradigen
Und seufzen, leben zu müssen wie ein jähes Aufkreischen von Sägen …

So wenige nur sind in der Lage, nicht vorhandene Landschaften zu lieben! …
Zu wissen, daß es diese Welt auch morgen noch geben wird – wie sehr uns das verstimmt! …
Möge mein Hören deines Schweigens nicht wie Wolken sein, die dein Lächeln
Verschleiern, verbannter Engel, und deinen Überdruß, schwarze Aureole …

Sanft, wie einer, der Mutter und Schwestern hat, bricht prachtvoll der Abend an …
Der Regen hat aufgehört, und der weite Himmel ist ein großes unvollkommenes Lächeln …
Mein Bewußtsein, mir deiner bewußt zu sein, ist ein Gebet
Und mein Wissen, daß du lächelst, eine welke Blume an meiner Brust …

Ach, wären wir doch zwei Figuren in einem fernen Kirchenfenster! …
Ach, wären wir doch die zwei Farben einer Ruhmesfahne …
Kopflose Statue in eine Ecke gestellt, verstaubtes Taufbecken,
Besiegtenbanner mit dem Motto – *Sieg!* – in der Mitte.

O que é que me tortura? … Se até a tua face calma
Só me enche de tédios e de ópios de ócios medonhos! …
Não sei … Eu sou um doido que estranha a sua própria alma …
Eu fui amado em efígie num país para além dos sonhos …

4. 7. 1913
Exílio 1, Abril 1916

Was aber quält mich? … Wenn selbst dein ruhiges Gesicht
Mich nur mit Überdruß erfüllt und dem Opium erschreckenden Müßiggangs! …
Ich weiß nicht … Ich bin verrückt, befremdet über die eigene Seele …
Ich wurde geliebt als Bild in einem Land jenseits der Träume …

4. 7. 1913
Exílio Nr. 1, April 1916

Chuva oblíqua

I

Atravessa esta paisagem o meu sonho dum porto infinito
E a cor das flores é transparente de as velas de grandes navios
Que largam do cais arrastando nas águas por sombra
Os vultos ao sol daquelas árvores antigas ...

O porto que sonho é sombrio e pálido
E esta paisagem é cheia de sol deste lado ...
Mas no meu espírito o sol deste dia é porto sombrio
E os navios que saem do porto são estas árvores ao sol ...

Liberto em duplo, abandonei-me da paisagem abaixo ...
O vulto do cais é a estrada nítida e calma
Que se levanta e se ergue como um muro,
E os navios passam por dentro dos troncos das árvores
Com uma horizontalidade vertical,
E deixam cair amarras na água pelas folhas uma a uma dentro ...

Não sei quem me sonho ...
Súbito toda a água do mar do porto é transparente
E vejo no fundo, como uma estampa enorme que lá estivesse desdobrada,
Esta paisagem toda, renque de árvores, estrada a arder em aquele
porto,
E a sombra duma nau mais antiga que o porto que passa
Entre o meu sonho do porto e o meu ver esta paisagem
E chega ao pé de mim, e entra por mim dentro,
E passa para o outro lado da minha alma ...

Schräger Regen

I

Mein Traum von einem endlosen Hafen führt durch diese Landschaft,
Und die Farbe der Blumen ist durchscheinend wie die Segel großer Schiffe,
Die ablegen vom Kai und übers Wasser die Umrisse dieser besonnten
Alten Bäume als Schatten ziehen …

Der Hafen, den ich träume, ist verschattet und fahl
Und sonnenhell diese Landschaft auf dieser Seite …
Doch in meinem Kopf ist die Sonne dieses Tages ein verschatteter Hafen
Und die Schiffe, die den Hafen verlassen, sind diese besonnten Bäume …

Zweifach befreit löste ich mich von der Landschaft oben …
Der Umriß des Kais ist der klare stille Weg,
Der sich mauergleich erhebt und aufrichtet,
Und die Schiffe fahren im Inneren der Stämme
In vertikaler Horizontale
Und lassen Taue durch die einzelnen Blätter ins Wasser gleiten …

Ich weiß nicht, wen ich mir träume …
Mit einem Mal ist alles Wasser des Meeres im Hafen rein und klar.
Und ich sehe auf dem Grund, wie ein riesiges dort entfaltetes Bild,
Die gesamte Landschaft, sich reihende Bäume, eine in diesem Hafen in Flammen
stehende Straße
Und den Schatten eines Schiffs, älter als der Hafen, das dahingleitet
Zwischen meinem Traum vom Hafen und meinem Sehen dieser Landschaft
Und sich mir nähert, und in mich einfährt
Hin zur anderen Seite meiner Seele …

II

Ilumina-se a igreja por dentro da chuva deste dia,
E cada vela que se acende é mais chuva a bater na vidraça …

Alegra-me ouvir a chuva porque ela é o templo estar aceso,
E as vidraças da igreja vistas de fora são o som da chuva ouvido
    por dentro …

O esplendor do altar-mor é o eu não poder quasi ver os montes
Através da chuva que é ouro tão solene na toalha do altar …
Soa o canto do coro, latino e vento a sacudir-me a vidraça
E sente-se chiar a água no facto de haver coro …

A missa é um automóvel que passa
Através dos fiéis que se ajoelham em hoje ser um dia triste …
Súbito vento sacode em esplendor maior
A festa da catedral e o ruído da chuva absorve tudo
Até só se ouvir a voz do padre água perder-se ao longe
Com o som de rodas de automóvel …

E apagam-se as luzes da igreja
Na chuva que cessa …

III

A Grande Esfinge do Egipto sonha por este papel dentro …
Escrevo – e ela aparece-me através da minha mão transparente
E ao canto do papel erguem-se as pirâmides …

Escrevo – perturbo-me de ver o bico da minha pena
Ser o perfil do rei Quéops …
De repente paro …
Escureceu tudo … Caio por um abismo feito de tempo …
Estou soterrado sob as pirâmides a escrever versos à luz dara deste
    candeeiro

II

Die Kirche erstrahlt im Regeninneren dieses Tages,
Und mit jeder Kerze, die aufflammt, schlägt mehr Regen gegen die Scheibe …

Ich freue mich am Geräusch des Regens, denn es ist diese erleuchtete Kirche,
Und die Kirchenfenster sind von außen gesehen das Rauschen des Regens von innen gehört …

Der Glanz des Hochaltars ist mein Unvermögen, die Berge klar zu sehen
Durch den Regen, dieses so feierliche Gold auf der Altardecke …
Der Gesang des Chors erklingt, Latein und Wind rütteln an meinem Glasfenster,
Und man spürt das Wasser schreien, weil ein Chor singt …

Die Messe ist ein Automobil, das durch die Gläubigen
Fährt, die sich auf die Tristesse dieses Tages knien …
Mit einem Mal rüttelt der Wind mit größerem Glanz
An der Feier in der Kathedrale und das Rauschen des Regens dämpft alles,
Bis man nur noch die Stimme des Priesters hört, Wasser, das in der Ferne
Mit dem Geräusch der Autoreifen verebbt …

Und die Lichter in der Kirche erlöschen
Im Regen, der verstummt …

III

Die Große Sphinx Ägyptens träumt in diesem Blatt …
Ich schreibe – und sehe sie vor mir durch meine transparente Hand
Und am Rand des Blattes erheben sich die Pyramiden …

Ich schreibe – verwirrt erkenne ich in der Spitze meiner Feder
Das Profil von König Cheops …
Jäh halte ich inne …
Alles ist im Dunkel versunken … Ich falle in einen Abgrund aus Zeit …
Bin begraben unter den Pyramiden, während ich im hellen Licht dieser Lampe Verse schreibe

E todo o Egipto me esmaga de alto através dos traços que faço com
a pena …

Ouço a Esfinge rir por dentro
O som da minha pena a correr no papel …
Atravessa o eu não poder vê-la uma mão enorme,
Varre tudo para o canto do tecto que fica por detrás de mim,
E sobre o papel onde escrevo, entre ele e a pena que escreve
Jaz o cadáver do rei Quéops, olhando-me com olhos muito abertos,
E entre os nossos olhares que se cruzam corre o Nilo
E uma alegria de barcos embandeirados erra
Numa diagonal difusa
Entre mim e o que eu penso …

Funerais do rei Quéops em ouro velho e Mim! …

IV

Que pandeiretas o silêncio deste quarto! …
As paredes estão na Andaluzia …
Há danças sensuais no brilho fixo da luz …

De repente todo o espaço pára …
Pára, escorrega, desembrulha-se …

E num canto do tecto, muito mais longe do que ele está,
Abrem mãos brancas janelas secretas
E há ramos de violetas caindo
De haver uma noite de primavera lá fora
Sobre o eu estar de olhos fechados …

Und ganz Ägypten mich von oben durch die Striche erdrückt, die ich mit meiner Feder ziehe …

Ich höre die Sphinx im Inneren lachen
Das Kratzen meiner über das Papier eilenden Feder …
Eine riesige Hand durchdringt mein Unvermögen, sie zu sehen,
Fegt alles in einen Winkel der Zimmerdecke hinter mir,
Und auf dem Blatt, das ich beschreibe, zwischen ihm und der Feder, die schreibt,
Ruht der Leichnam von König Cheops, der mich mit weit offenen Augen ansieht,
Und zwischen unseren sich kreuzenden Blicken fließt der Nil,
Und der Jubel bunt bewimpelter Boote treibt
Auf einer diffusen Diagonale
Zwischen mir und dem, was ich denke …

Das Begräbnis von König Cheops in altem Gold und in Mir! …

IV

Welch lärmende Tamburins die Stille dieses Zimmers! …
Die Wände sind in Andalusien …
Sinnliche Tänze im reglosen Glanz des Lichts …

Mit einem Schlag steht der gesamte Raum still …
Steht still, entgleitet, entfaltet sich …

Und oben, in einem Winkel der Zimmerdecke, ferner als sie,
Öffnen weiße Hände geheime Fenster,
Und Veilchensträuße fallen
Aus einer Frühlingsnacht draußen
Auf mich, der ich die Augen geschlossen halte …

V

Lá fora vai um redemoinho de sol os cavalos do carroussel …
Árvores, pedras, montes, bailam parados dentro de mim …
Noite absoluta na feira iluminada, luar no dia de sol lá
    fora,
E as luzes todas da feira fazem ruído dos muros do quintal …
Ranchos de raparigas de bilha à cabeça
Que passam lá fora, cheias de estar sob o sol,
Cruzam-se com grandes grupos peganhentos de gente que anda na feira,
Gente toda misturada com as luzes das barracas, com a noite e com o luar,
E os dois grupos encontram-se e penetram-se
Até formarem só um que é os dois …
A feira e as luzes da feira e a gente que anda na feira,
E a noite que pega na feira e a levanta no ar,
Andam por cima das copas das árvores cheias de sol,
Andam visivelmente por baixo dos penedos que luzem ao sol,
Aparecem do outro lado das bilhas que as raparigas levam à cabeça,
E toda esta paisagem de primavera é a lua sobre a feira,
E toda a feira com ruídos e luzes é o chão deste dia de sol …

De repente alguém sacode esta hora dupla como numa peneira
E, misturado, o pó das duas realidades cai
Sobre as minhas mãos cheias de desenhos de portos

Com grandes naus que se vão e não pensam em voltar …
Pó de ouro branco e negro sobre os meus dedos …
As minhas mãos são os passos daquela rapariga que abandona a feira,
Sozinha e contente como o dia de hoje …

V

Draußen dreht sich ein Sonnenwirbel, das Pferde-Karussell …
Bäume, Steine, Berge tanzen reglos in mir …
Dunkle Nacht auf dem erleuchteten Jahrmarkt, Mondschein am Sonnentag
draußen,
Und alle Jahrmarktslichter verwandeln die Mauern des Gartens in Lärm …
Scharen junger Mädchen, mit Krügen auf dem Kopf,
Gehen draußen sonnentrunken vorüber und
Begegnen großen lärmenden Gruppen, Leute, die über den Jahrmarkt schlendern,
Leute, vermischt mit den Lichtern der Buden, mit der Nacht und dem Mondlicht,
Und beide Gruppen treffen aufeinander und durchdringen sich,
Bis sie nur eine noch sind, die beide ist …
Der Jahrmarkt und die Lichter des Jahrmarkts und die Leute auf dem Jahrmarkt,
Und die Nacht, die den Jahrmarkt ergreift und emporhebt in die Luft,
Schweben über den Kronen der sonnendurchfluteten Bäume,
Schweben sichtbar unter den in der Sonne schimmernden Felsen,
Erscheinen jenseits der Krüge auf den Köpfen der Mädchen,
Und diese Frühlingslandschaft ist der Mond über dem Jahrmarkt,
Und der Jahrmarkt mit all seinem Lärm und seinen Lichtern der Boden dieses
Sonnentages …

Abrupt schüttelt jemand die zweifache Stunde wie in einem Sieb
Und, vermengt, fällt der Staub beider Wirklichkeiten
Auf meine Hände voller Hafenbilder:

Große Schiffe, die fortfahren und nicht an Rückkehr denken …
Goldstaub, schwarz und weiß auf meinen Fingern …
Meine Hände sind die Schritte jenes Mädchens, das heimkehrt vom Jahrmarkt,
Allein und zufrieden wie der heutige Tag …

VI

O maestro sacode a batuta,
E lânguida e triste a música rompe …
Lembra-me a minha infância, aquele dia
Em que eu brincava ao pé dum muro de quintal
Atirando-lhe com uma bola que tinha dum lado
O deslizar dum cão verde, e do outro lado
Um cavalo azul a correr com um jockey amarelo …

Prossegue a música, e eis na minha infância
De repente entre mim e o maestro, muro branco,
Vai e vem a bola, ora um cão verde,
Ora um cavalo azul com um jockey amarelo …

Todo o teatro é o meu quintal, a minha infância
Está em todos os lugares, e a bola vem a tocar música
Uma música triste e vaga que passeia no meu quintal
Vestida de cão verde tornando-se jockey amarelo …
(Tão rápida gira a bola entre mim e os músicos …)

Atiro-a de encontro à minha infância e ela
Atravessa o teatro todo que está aos meus pés
A brincar com um jockey amarelo e um cão verde
E um cavalo azul que aparece por cima do muro

Do meu quintal … E a música atira com bolas
À minha infância … E o muro do quintal é feito de
gestos
De batuta e rotações confusas de cães verdes
E cavalos azuis e jockeys amarelos …

Todo o teatro é um muro branco de música
Por onde um cão verde corre atrás da minha saudade
Da minha infância, cavalo azul com um jockey amarelo …

VI

Der Maestro schwingt den Taktstock,
Und sehnsüchtig und traurig erklingt die Musik …
Erinnert mich an meine Kindheit, jenen Tag,
Als ich an einer Gartenmauer spielte,
Einen Ball dagegen warf: Auf seiner einen Seite rannte
Ein grüner Hund, auf seiner anderen
Galoppierte ein blaues Pferd mit einem gelben Jockey …

Die Musik spielt weiter, und da ist in meiner Kindheit
Mit einem Mal zwischen mir und dem Maestro eine weiße Mauer,
Kommt und geht der Ball, bald grüner Hund,
Bald blaues Pferd mit gelbem Jockey …

Das gesamte Theater ist mein Garten, meine Kindheit
Ist überall, und der Ball spielt Musik,
Eine traurige, unbestimmte Musik, die durch meinen Garten spaziert,
Verkleidet als grüner Hund, aus dem ein gelber Jockey wird …
(So schnell kreist der Ball zwischen mir und den Musikern …)

Ich werfe ihn gegen meine Kindheit, und er
Fliegt durch das Theater zu meinen Füßen,
Spielt mit einem gelben Jockey und einem grünen Hund
Und einem blauen Pferd, das auftaucht über der Mauer

Meines Gartens … Und die Musik wirft mit Bällen
Nach meiner Kindheit … Und die Mauer des Gartens besteht aus den
    Bewegungen
Des Taktstocks und dem wirrem Kreisen grüner Hunde,
Blauer Pferde und gelber Jockeys …

Das gesamte Theater ist eine weiße Mauer aus Musik,
Durch die ein grüner Hund meiner Sehnsucht nach der Kindheit
Hinterherjagt, einem blauen Pferd mit gelbem Jockey …

E dum lado para o outro, da direita para a esquerda,
Donde há árvores e entre os ramos ao pé da copa
Com orquestras a tocar música,
Para onde há filas de bolas na loja onde a comprei
E o homem da loja sorri entre as memórias da minha infância ...

E a música cessa como um muro que desaba,
A bola rola pelo despenhadeiro dos meus sonhos interrompidos,
E do alto dum cavalo azul, o maestro, jockey amarelo tornando-se preto,
Agradece, pousando a batuta em cima da fuga dum muro,
E curva-se, sorrindo, com uma bola branca em cima da cabeça,
Bola branca que lhe desaparece pelas costas abaixo ...

8. 3. 1914
I, IV e VI Orfeu 2, Abril/Maio/Junho 1915

Und von einer Seite zur anderen, von rechts nach links,
Von dort, wo Bäume stehen und mitten zwischen den höchsten Zweigen
Orchester musizieren,
Hin zu den aufgereihten Bällen in dem Laden, in dem ich den meinen kaufte
Und der Ladenbesitzer zwischen meinen Kindheitserinnerungen lächelt …

Und die Musik endet wie eine einstürzende Mauer,
Der Ball rollt zum Abgrund meiner unterbrochenen Träume,
Und von einem blauen Pferd herab dankt der Dirigent, ein gelber, sich schwarz
Verfärbender Jockey, legt seinen Taktstock auf eine Mauerfuge
Und verbeugt sich lächelnd mit einem weißen Ball auf dem Kopf,
Einem weißen Ball, der seinen Rücken hinab verschwindet …

8. 3. 1914
I, IV und VI in Orfeu Nr. 2, April/Mai/Juni 1915

Meu pensamento é um rio subterrâneo.
Para que terras vai e donde vem?
Não sei ... na noite em que o meu ser o tem
Emerge dele um ruído subitâneo

De origens no Mistério extraviadas
De eu compreendê-las ..., misteriosas fontes
Habitando a distância de ermos montes
Onde os momentos são a Deus chegados ...

De vez em quando luze em minha mágoa,
Como um farol num mar desconhecido,
Um movimento de correr, perdido
Em mim, um pálido soluço de água.

E eu relembro de tempos mais antigos
Que a minha consciência da ilusão
Águas divinas percorrendo o chão
De verdores uníssonos e amigos,

E a ideia de uma Pátria anterior
À forma consciente do meu ser
Dói-me no meu desejo, e vem bater
Como uma onda de encontro à minha dor.

Escuto-o ... Ao longe, no meu vago tacto
Da minha alma, perdido som incerto,
Como um eterno rio indescoberto,
Mais que a ideia de (um) rio certo e abstracto ...

Mein Denken ist ein unterirdischer Fluß.
Woher kommt er, wohin fließt er?
Ich weiß es nicht … nachts, wenn ich seiner inne bin,
Steigt auf von ihm ein jähes Rauschen

Geheimnisvollen Ursprungs, sich meinem
Verstehen entziehend … rätselhafter Quell
Zu Haus in fernen unbewohnten Bergen
Dort, wo jeder Augenblick Gott nahe ist …

Bisweilen blitzt auf in meinem Kummer
Gleich einem Leuchtturm über unbekanntem Meer
Ein flüchtiger Lichtstrahl verloren tief in mir,
Ein bleiches Wasserseufzen …

Und ich erinnere an Zeiten mich, älter
Als mein sich täuschendes Bewußtsein,
An göttliche Gewässer durch Wiesen
Fließend vereint in freundschaftlichem Grün,

Und der Gedanke an eine Heimat, früher noch
Als mir mein eignes Sein bewußt,
Schmerzt mich in meinem Verlangen und schlägt
Wie eine Welle hart gegen diese Qual.

Ich lausche ihr … Und fern, in meinem Inneren
Kaum spürbar, undeutlich ein verklungenes Geräusch
Gleich einem auf ewig unentdeckten Fluß
Mehr als die Idee eines Flusses klar und abstrakt …

E p'ra onde é que ele vai, que se extravia
Do meu ouvi-lo? A que caverna(s) desce?
Em que frios de Assombro que arrefece?
De que névoas soturnas se anuvia?

Não sei ... Eu perco-o ... E outra vez regressa
A luz e a cor do mundo claro e actual,
E na interior distância do meu Real
Como se a alma acabasse, o rio cessa ...

5. 11. 1914

Und wohin fließt er, geht verloren
Meinem Ohr? Entschwindet in welch tiefe Höhlen?
Erkaltet in welch Schreckenskälten?
Hüllt in welch düstre Nebel sich?

Ich weiß es nicht … Verliere ihn … Und wiederkehren
Licht und Farbe der hellen Gegenwart der Welt,
Und im fernen Inneren meiner Wirklichkeit
Versiegt, als verlösche die Seele, der Fluß …

Eu só tenho o que não quero
E a vida é pouco p'ra mim ...
Não sei por que coisa espero
Nem se a quererei enfim ...

Conto as horas como moedas
Que nunca penso em gastar ...
E como quem rasga sedas
Defaço o que quero usar.

Quem me dera poder ter
Alguma cousa na vida
Que chorar ou que querer ...
Ó pobre à porta da ermida ...

7. 2. 1915

Was ich habe will ich nicht,
Das Leben ist mir einerlei …
Worauf ich warte, weiß ich nicht …
Noch ob ich es auch wirklich will …

Ich zähle die Stunden wie Münzen,
Die ich niemals ausgeben möchte …
Und wie einer, der Seide zerreißt,
Zerstör ich das Kleid meiner Wünsche.

Hätte ich doch die Macht
Etwas im Leben zu haben,
Sei es zu weinen oder zu wollen …
Ach Ärmster, an der Pforte zur Einsiedelei …

Não foram as horas que nós perdemos,
Nem o comboio que não chegou.
Foi só o barco e o gesto dos remos
E a triste vida que já passou.

Tudo nos dava a impressão de havermos
Entre travessas errado a Rua,
E não acharmos o amor, nem termos
Para a tristeza senão a Lua …

Tudo isso foi como se não fosse …
Antes tivesse durado menos …
Enfim, que importa? Não há a posse …
E os céus eternos só são serenos …

21. 2. 1915

Nicht die Stunden waren es, die wir verloren,
Noch versäumten wir den Zug, der nicht kam.
Nur das Boot, der Ruder steten Schlag
Und das triste, schon vergangene Leben.

Uns war, als hätten wir uns zwischen
Gassen in der Straße geirrt,
Hätten die Liebe nicht gefunden
Und für die Traurigkeit nichts als den Mond …

All dies war, als wär es nicht gewesen …
Hätte es nur nicht so lange gedauert …
Nun denn, was soll's? … Es gibt kein Festhalten …
Und der ewige Himmel ist auch nur heiter …

Ela era rainha destronada ...
Vivia no jardim dum palácio sempre à hora do poente.
(Assim eu a via, se fechava os olhos e estava triste).
O seu desterro estava cheio de sonhos e de flores.
Mas o próprio jardim era antiquíssimo, amarelado,
Pálido como □
Era ali que a rainha passava os seus poentes sem dia.
E tudo isto num reino que nunca houve.
Não ... Era mais longe do que isso ...

Estou defronte do espelho e não consigo
Compenetrar-me da minha realidade definitiva.
Olho-me, e o estrangeiro que está diante de mim
Chegou dum país do outro lado do espelho,
E quando anda em direcção a mim não anda no espaço ...
Fecho os olhos, fito o espelho ... O estrangeiro desapareceu ...

A tua voz reflecte na minha ideia de espelhos
Alcovas ao crepúsculo ...
Falas de não sei que tristezas ... A tua voz é plana
Vertical à minha espiritualidade que te não ouve ...
E a mão com que se aparta o reposteiro não pertence
À imperfeição das mãos que apertam as nossas no mundo ...

Sombras das árvores ...
Perfume das flores ...
Riso frio dos rios ...
Fecho os olhos e a vida
Cai do meu pensamento
Como uma cousa pesada na água
Que chega e se afunda ...

Sie war eine entthronte Königin …
Sie lebte im Garten eines Palastes immerwährenden Sonnenuntergangs.
(So sah ich sie, wenn sie die Augen schloß und traurig war)
Ihr Verbannungsort war voller Träume und Blumen.
Der Garten selbst aber uralt, vergilbt,
Fahl wie □
Dort verbrachte die Königin ihre Sonnenuntergänge ohne Tag.
Und all dies in einem Reich, das es nie gab.
Nein … Es war ferner als dies …

Ich stehe vor dem Spiegel und bin außerstande,
Meiner unabänderlichen Wirklichkeit habhaft zu werden.
Ich betrachte mich, und der Fremde vor mir
Kommt aus einem Land von der anderen Seite des Spiegels,
Und geht er auf mich zu, geht er nicht im Raum …
Ich schließe die Augen, starre in den Spiegel … Der Fremde ist verschwunden …

Deine Stimme spiegelt sich in meiner Vorstellung von Spiegeln,
Alkoven in der Dämmerung …
Worte von ich weiß nicht welcher Traurigkeit … Deine Stimme ist eben
Vertikal zu meiner Spiritualität, die dich nicht hört …
Und die Hand, mit der man den Vorhang beiseite zieht, ist nicht von
Der Unvollkommenheit der Hände, die in der Welt die unseren drücken …

Schatten der Bäume …
Duft der Blumen …
Kaltes Lächeln der Flüsse …
Ich schließe die Augen und das Leben
Fällt aus meinem Denken
Wie ins Wasser etwas Schweres,
Das kommt und versinkt …

Estendo a mão na noite.
Não encontro o que procuro.
Mas eu não procurava nada.
Estendi a mão para ver se estendendo-a ao acaso,
Alguma cousa de Deus vinha ter com o meu gesto,
Com o meu gesto triste que implora auxílio na noite …
Mas Deus está dentro do meu gesto como numa caixa de □
E não me pode tocar e confortar-me da alma.

É alta noite e há na rua passos de duas pessoas
Que passeiam juntas.
O som dos passos é o de quem volta para casa.
Oiço falar as duas pessoas. São dois homens.
Oiço-os contar toda a tristeza da vida. Ah que angústia!
Mas os homens que passam na rua não trocaram palavra.
Não ouvi mais que os seus passos, e as suas vozes era isso.
A tristeza dos passos na noite, nas ruas desertas.
É uma outra cidade, numa outra época, hoje …

[15. 4. 1915]

Ich strecke die Hand aus in der Nacht.
Finde nicht, was ich suche.
Doch ich habe nichts gesucht.
Ich habe die Hand ausgestreckt, um zu sehen, ob, wenn ich sie einfach ausstrecke,
Etwas eingeht von Gott auf meine Geste,
Auf meine traurige Geste, die um Hilfe fleht in der Nacht …
Aber Gott ist in meiner Geste wie in einem Gehäuse □
Und kann mich nicht berühren und in der Seele trösten.

Es ist tiefe Nacht, auf der Straße die Schritte zweier Personen,
Die gemeinsam gehen.
Ein Geräusch von nach Hause zurückkehrenden Schritten.
Ich höre die beiden Personen sprechen. Zwei Männer.
Ich höre sie die ganze Traurigkeit des Lebens erzählen. Ach, welche Qual!
Aber die Männer, die auf der Straße vorübergehen, haben kein Wort gewechselt.
Ich habe nur ihre Schritte gehört, das waren ihre Stimmen.
Die Traurigkeit der Schritte in der Nacht, in den menschenleeren Straßen.
Eine andere Stadt, in einer anderen Zeit, heute …

Diário na sombra

Lembras-te ainda de mim?
Tu conheceste-me há muito tempo ...
Eu era aquela criança triste de quem tu não gostavas,
E por quem depois, pouco a pouco, te foste interessando
(Pela angústia, e a tristeza, e mais qualquer cousa),
E de quem tu acabaste por gostar, quase sem o saber;
Lembras-te? A Criança triste que brincava na praia
Sozinho, longe dos outros, sossegadamente,
E de vez em quando lhes lançava um olhar triste mas sem pena ...
Vejo que olhas para mim disfarçadamente de vez em quando ...
Estás recordado? Queres ver se te recordas? Eu sei ...
Sem saber sentes ainda no meu rosto calmo
    e triste
A criança triste que brincava sempre longe dos outros
E de vez em quando olhava tristemente para eles, mas sem pena?
Sei que olhas, e que não compreendes qual a tristeza
Que me faz triste ...
Que não é pena, nem é saudade, nem desgosto, nem mágoa ...
Ah, é a tristeza
Daquele a quem, no grande solo antenatal,
Deus disse o Segredo –
O segredo da vacuidade absoluta das cousas,
E da ilusão do mundo ...
A tristeza imparável
Daquele que sabe que nada serve ou vale,
Que o esforço é um absurdo desgaste,
Que a vida é um espaço vazio,
Porque a desilusão vem sempre atrás da ilusão
E parece que a Morte é o sentido da Vida ...
É isto, mas não é só isto, que tu vês no meu rosto
E faz com que olhes para mim, de vez em quando, disfarçadamente ...
Há, além disto,
Aquele pasmo negro, aquele arrepio sombrio,

Tagebuch im Schatten

Erinnerst du dich noch an mich?
Du kanntest mich seit langem …
Ich war jenes traurige Kind, das du nicht mochtest
Und für das du dich später nach und nach zu interessieren begannst
(Für seine Ängste, seine Traurigkeit und anderes),
Und das du schließlich, fast ohne es zu merken, lieb gewannst;
Erinnerst du dich? Das traurige Kind, das am Strand spielte,
Allein, ruhig für sich, fern von den anderen,
Und ihnen hin und wieder einen traurigen Blick zuwarf, doch ohne Bedauern …
Ich sehe, daß du mich bisweilen verstohlen betrachtest …
Erinnerst du dich? Willst du sehen, ob du dich erinnerst? Ich weiß …
Nimmst du noch immer, ohne es zu wissen, in meinem stillen und traurigen
Gesicht
Das traurige Kind wahr, das stets fern von den anderen spielte
Und hin und wieder traurig zu ihnen hinüber sah, doch ohne Bedauern?
Ich weiß, du schaust und begreifst nicht, was es auf sich hat mit der Traurigkeit,
Die mich traurig macht …
Es ist kein Bedauern, keine Sehnsucht noch Überdruß oder Kummer …
Ach, es ist die Traurigkeit
Von einem, dem Gott, im großen vorgeburtlichen Reich,
Das Geheimnis mitteilte –
Das Geheimnis von der vollkommenen Leere der Dinge
Und von der Illusion der Welt …
Die unabänderliche Traurigkeit
Von einem, der weiß, daß alles sinnlos ist und wertlos,
Alles Bemühen eine absurde Vergeudung
Und das Leben ein leerer Raum,
Denn auf die Illusion folgt stets die Desillusion,
Und der Tod scheint der Sinn des Lebens zu sein …
Das, aber nicht nur das, siehst du in meinem Gesicht
Und betrachtest mich daher, bisweilen, verstohlen …
Da ist zudem
Dieses dunkle Staunen, dieser düstere Schauder,

Que seria na alma
O ter havido um segredo de Deus
Dito no grande solo antenatal, quando a vida
Não raiava ainda ao longe
E todo o Universo luminoso e complexo
Era ainda um destino materialmente a cumprir.
Se isto me não define, nada me define
E isto não me define –
Porque o Segredo que Deus me disse não era só isto
Houve outra cousa que é hoje estar do lado do irreal,
O gozo que há nisso, o meu dom de compreender o incompreensível,
O meu sentimento daquilo que não se pode sentir,
O meu garbo interior de imperador sem império,
O domínio de sonhos arquitectados na luz.
Sim, é isto que põe
Uma velhice anterior à minha infância na minha face
E no meu olhar uma angústia interior à minha alegria.
Olhas-me disfarçadamente, de vez em quando,
E não me compreendes,
E tornas a olhar, disfarçadamente e sempre …
Sem Deus não há nada senão vida
E não poderás nunca compreender.

17. 9. 1916

Der wohl daher rührt,
Daß Gott der Seele ein Geheimnis mitteilte
Im großen vorgeburtlichen Reich, als das Leben
Noch nicht angebrochen war in der Ferne
Und das ganze leuchtende und umfassende Universum
Noch ein faktisch zu erfüllendes Schicksal.
Wenn mich dies nicht definiert, definiert mich nichts;
Und dies definiert mich nicht –
Denn das Geheimnis, das mir Gott mitteilte, war nicht nur dies,
Da war noch etwas: meine heutige Nähe zum Irrealen
Und meine Freude daran, meine Gabe, das Unverständliche zu verstehen,
Mein Gespür für das, was man nicht wahrnehmen kann,
Mein innere Würde eines Imperators ohne Imperium,
Meine im Licht erdachte Traumwelt.
Ja, dies verleiht
Meinem Gesicht ein Alter älter als meine Kindheit
Und meinem Blick eine meiner Freude innewohnende Angst.
Du betrachtest mich bisweilen verstohlen,
Und verstehst mich nicht,
Und betrachtest mich erneut verstohlen, wieder und wieder …
Ohne Gott gibt es nur das Leben
Und nie wirst du verstehen können.

A casa branca nau preta

Estou reclinado na poltrona, é tarde, o Verão apagou-se ...
Nem sonho, nem cismo, um torpor alastra em meu cérebro ...
Não existe manhã para o meu torpor nesta hora ...
Ontem foi um mau sonho que alguém teve por mim ...
Há uma interrupção lateral na minha consciência ...
Continuam encostadas as portas da janela desta tarde
Apesar de as janelas estarem abertas de par em par ...
Sigo sem atenção as minhas sensações sem nexo,
E a personalidade que tenho está entre o corpo e a alma ...
Quem dera que houvesse
Um terceiro estado p'ra alma, se ela tiver só dois ...
Um quarto estado p'ra alma, se são três os que ela tem ...
A impossibilidade de tudo quanto eu nem chego a sonhar
Dói-me por detrás das costas da minha consciência de sentir ...

As naus seguiram,
Seguiram viagem não sei em que dia escondido,
E a rota que deviam seguir estava escrita nos ritmos,
Os ritmos perdidos das canções mortas do marinheiro de sonho ...

Árvores paradas da quinta, vistas através da janela,
Árvores estranhas a mim a um ponto inconcebível à consciência de
as estar vendo,
Árvores iguais todas a não serem mais que eu vê-las,
Não poder eu fazer qualquer coisa género haver árvores que
deixasse de doer,
Não poder eu coexistir para o lado de lá com estar-vos vendo do
lado de cá,
E poder levantar-me desta poltrona deixando os sonhos no
chão ...

Das weiße Haus schwarze Schiff

Ich sitze in meinen Sessel gelehnt, es ist spät, der Sommer ist erloschen …
Ich träume nicht und grüble nicht, Benommenheit besetzt mein Hirn …
Es gibt kein Morgen für meine Benommenheit zu dieser Stunde …
Gestern war ein schlechter Traum, den jemand in mir träumte …
In meinem Bewußtsein ist eine Lateralstörung …
Die Fensterläden dieses späten Nachmittags bleiben angelehnt,
Obgleich die Fenster weit geöffnet sind …
Achtlos folge ich meinen diffusen Wahrnehmungen,
Und die mir eigene Persönlichkeit befindet sich zwischen Leib und Seele …
Gäbe es doch
Einen dritten Zustand für die Seele, sofern sie nur zwei hätte …
Einen vierten Zustand für die Seele, sofern die, die sie hat, drei sind …
Die Unmöglichkeit von all dem, das mir nicht einmal zu träumen gelingt,
Schmerzt mich hinter dem Rücken meines Empfindungsbewußtseins …

Die Schiffe haben ihre Reise fortgesetzt,
Haben sie fortgesetzt an ich weiß nicht welch verborgenem Tag,
Und die ihnen bestimmte Route war eingeschrieben in die Rhythmen,
Die verlorenen Rhythmen der toten Lieder des Seemanns im Traum …

Reglose Bäume des Landguts, durch die Fenster gesehen,
Bäume, mir und meinem Bewußtsein, sie zu sehen, in einem unbegreiflichen
Maße fremd,
Bäume, sich alle darin gleich, nicht mehr zu sein als mein Sie-Sehen,
Daß ich nichts tun kann, in der Art hier stehen Bäume, damit es nicht
mehr schmerzt,
Daß ich nicht gleichzeitig auf der anderen Seite sein kann mit diesem Euch-
von-dieser-Seite-Sehen,
Und mich von diesem Sessel erheben und die Träume auf dem Boden lassen
kann …

Que sonhos? … Eu não sei se sonhei … Que naus partiram para
onde?
Tive essa impressão sem nexo porque no quadro fronteiro
Naus partem – naus não, barcos, mas as naus estão em mim,
E é sempre melhor o impreciso que embala do que o certo que basta,
Porque o que basta acaba onde basta, e onde acaba não basta,
E nada que se pareça com isto devia ser o sentido da vida …

Quem pôs as formas das árvores dentro da existência das árvores?
Quem deu frondoso a arvoredos, e me deixou por verdecer?
Onde tenho o meu pensamento que me dói estar sem ele,
Sentir sem auxílio de poder para quando quiser, e o
mar alto
E a última viagem, sempre para lá, das naus a subir …
Não há substância de pensamento na matéria de alma com que penso …
Há só janelas abertas de par em par encostadas por causa do calor que
já não faz,
E o quintal cheio de luz sem luz agora ainda-agora, e eu.

Na vidraça aberta, fronteira ao ângulo com que o meu olhar a colhe
A casa branca distante onde mora … Fecho o olhar …
E os meus olhos fitos na casa branca sem a ver
São outros olhos vendo sem estar fitos nela a nau que se afasta …
E eu, parado, mole, adormecido,
Tenho o mar embalando-me e sofro …

Aos próprios palácios distantes a nau que penso não leva.
As escadas dando sobre o mar inatingível ela não alberga.
Aos jardins maravilhosos nas ilhas inexplícitas não deixa.
Tudo perde o sentido com que o abrigo em meu pórtico
E o mar entra por meus olhos o pórtico cessando.

Caia a noite, não caia a noite, que importa a candeia
Por acender nas casas que não vejo na encosta e eu lá?

Welche Träume? … Ich weiß nicht, ob ich geträumt habe … Welche Schiffe
sind wohin gefahren?
Ich hatte diesen diffusen Eindruck, weil auf dem Bild mir gegenüber
Schiffe abfahren – nein, keine Schiffe, Boote, aber die Schiffe sind in mir,
Und das Ungenaue, das einlullt, ist immer besser als das Genaue, das genügt,
Denn was genügt, endet, wo es genügt, und wo es endet, genügt es nicht,
Und nichts, was dem gleicht, sollte der Sinn des Lebens sein …

Wer hat die Form der Bäume in die Existenz der Bäume gesteckt?
Wer hat den Bäumen Blätter gegeben und mich nicht grünen lassen?
Wo habe ich mein Denken, daß mich sein Fehlen schmerzt,
Wahrnehmen ohne die Hilfe, es zu können, wenn man es will, und das
offene Meer
Und die letzte Reise, immer weiter fort, der aufwärts fahrenden Schiffe …
Es gibt keine gedankliche Substanz in der Materie der Seele, mit der ich denke …
Nur weit geöffnete Fenster, angelehnt wegen der Hitze, die nicht mehr
herrscht,
Und der lichthelle Garten lichtlos jetzt, jetzt in diesem Augenblick, und ich.

Im Glas des geöffneten Fensters gegenüber in meinem Blickwinkel
Das ferne weiße Haus, in dem … wohnt. Ich verschließe den Blick …
Und meine Augen, die hinsehen zu dem weißen Haus, ohne es zu sehen,
Sind andere Augen, die ohne hinzusehen, das sich entfernende Schiff sehen …
Und ich, teilnahmslos, träge, schläfrig,
Habe das Meer, das mich einlullt, und leide …

Zu den eigentlichen fernen Palästen fährt das Schiff, das ich denke, nicht.
Die auf das unerreichbare Meer führenden Leitern, es hat sie nicht.
Zu den herrlichen Gärten der geheimnisvollen Inseln verwehrt es den Zutritt.
Alles verliert den Sinn, mit dem ich es in meinen Portikus aufnehme,
Das Meer kommt durch meine Augen und der Portikus schwindet.

Ob es nun Nacht wird oder nicht, wozu das Licht
Anzünden in den Häusern, die ich nicht sehe am Hang, und ich dort?

Húmida sombra nos sons do tanque nocturna sem lua, as rãs rangem,
Coaxar tarde no vale, porque tudo é vale onde o som dói.

Milagre do aparecimento da Senhora das Angústias aos loucos,
Maravilha do enegrecimento do punhal tirado para os actos,
Os olhos fechados, a cabeça pendida contra a coluna certa,
E o mundo para além dos vitrais paisagem sem ruínas …

A casa branca nau preta …
Felicidade na Austrália …

11. 10. 1916

Feuchter Schatten in den Geräuschen des mondlos nächtlichen Teichs, die Frösche knarren,
Spätes Quaken im Tal, denn da, wo ein Geräusch schmerzt, ist alles Tal.

Die für die Verrückten wundersame Erscheinung Unserer Lieben Frau der Ängste,
Die für die Akten wunderbare Schwärzung des gezückten Dolches,
Die Augen geschlossen, den Kopf gegen die gerade Säule gelehnt,
Und die Welt jenseits der Fenster Landschaft ohne Ruinen …

Das weiße Haus schwarze Schiff …
Glück in Australien …

Um piano na minha rua …
Crianças a brincar …
O sol de domingo e a sua
Alegria a doirar …

A mágoa que me convida
A amar todo o indefinido …
Eu tive pouco na vida
Mas dói-me tê-lo perdido.

25. 2. 1917

Ein Klavier in meiner Straße …
Spielende Kinder …
Sonntag Sonne
Freude, die vergoldet …

Kummer, der mich einlädt,
Alles Unbestimmte zu lieben …
Ich hatte wenig im Leben,
Aber es verloren zu haben schmerzt.

Inscrições

Vasta é a terra, inda mais vasto o céu.
O dia, a treva o despe e o sol o veste.
Escolhe, e o que escolheres será teu,
Mas não lamentes o que não escolheste.

De uma villa romana entre ciprestes
A vida ao longe viu, como a uma estrada.
Seu buscado [?] destino não foi nada.
Vós, deuses, destes; sabeis porque destes.

A águia do alto desce para erguer-se.
Leva a presa, deixou o medo. Ai,
O sonho desce só para perder-se …
Águia morta, que desce porque cai.

A noite chega com o luar no rasto.
A lua fria sobrevive à noite.
Meu coração não tem onde se acoite.
Lua fria no dia em que me arrasto.

Páginas mortas com perfume vago –
Antologia grega … A treva desce
Sobre o mundo, viver é aziago
E o que foi a alma com a sombra esquece.

Navio que te afastas do meu vulto,
Portos para onde eu cismo, e não vou,
O Destino te livre do insulto
De seres quem eu sou sem ser quem sou.

1. 10. 1919

Inschriften

Weit ist die Erde, und weiter noch der Himmel.
Der Tag, das Dunkel zieht ihn aus, die Sonne zieht ihn an.
Wähle, und was du wählst, wird dein sein,
Aber bedaure nicht, was du nicht gewählt hast.

Von einer römischen Villa aus, inmitten von Zypressen,
Sah er das Leben in der Ferne wie einen Weg.
Das Schicksal, das er suchte [?], war nichtig.
Ihr, Götter, gabt; und wißt warum.

Der Adler stürzt aus der Höhe herab, um wieder aufzufliegen.
Er greift seine Beute, läßt die Angst liegen. Ach,
Der Traum stürzt einzig auf uns herab, um sich zu verlieren …
Ein toter Adler, der herabstürzt, weil er fällt.

Die Nacht kommt mit dem Mondlicht im Gefolge.
Der kalte Mond überdauert die Nacht.
Mein Herz hat keine Herberge.
Ein kalter Mond am Tag, durch den ich mich schleppe.

Tote Seiten behaftet mit einem vagen Duft –
Griechische Anthologie … Finsternis kommt
Über die Welt, leben bedeutet Unglück,
Und was die Seele war, vergißt man mit dem Schatten.

Schiff, das du dich von mir entfernst,
Häfen, an die ich mich denke und nicht fahre,
Das Schicksal bewahre dich vor der Schmach
Zu sein, wer ich bin, ohne zu sein, wer ich bin.

Tramway

Aqui vou eu num carro eléctrico, mais umas trinta ou quarenta
pessoas,
Cheio (só) das minhas ideias imortais, (creio que boas).

Amanhã elas, postas em verso, serão
Por toda a Europa, por todo o mundo (quem sabe?!)
Triunfo, meta, início, clarão
Que talvez não acabe.

E quem sobe? Que sente? O que vai a meu lado
Só sente em mim que sou o que, estrangeiro,
Tem o lugar da ponta, e do extremo, apanhado
Por quem entra primeiro.

Que o que vale são as ideias que tenho, enfim,
O resto, o que aqui está sentado, sou eu,
Vestido, visual, regular, sempre em mim,
Sob o azul do céu.

Ah, Destino dos deuses, dai-me ao menos o siso
Ao que em mim pensa a vida de ter um profundo
Senso essencial, mas certeiro e conciso
Da vida e do mundo!

Sei, sob o céu que é que toca as minhas ideias,
Sob o céu mais análogo ao que penso comigo
Que este carro vai com os bancos cheios
Para onde eu sigo.

E o ponto de absurdo de tudo isto qual é?
Onde é que está aqui o erro que sinto?
A minha razão enternecida aqui perde pé
E pensando minto,

Tramway

Da fahre ich nun in einer Elektrischen, mit weiteren dreißig oder
vierzig Personen,
Erfüllt (nur) von meinen unsterblichen (ich glaube guten) Ideen.

Morgen werden sie in Versform
In ganz Europa sein, in der ganzen Welt (wer weiß?!)
Anfang, Vollendung, Triumph, Glanz,
Der vielleicht nie erlischt.

Und wer steigt zu? Was nimmt er wahr? Mein unmittelbarer Nachbar
Nimmt von mir nur wahr, daß ich, ihm fremd,
Vorn sitze, ganz vorn, wo Platz nimmt,
Wer als erster einsteigt.

Was aber zählt sind die Ideen, die ich habe, kurzum,
Der Rest, der Mann, der hier sitzt, bin ich,
Im Anzug, sichtbar, korrekt, immer bei mir,
Unter dem Blau[2] des Himmels.

Ah, Schicksal der Götter, verleiht zumindest
Dem in mir, der das Leben denkt, die Fähigkeit, ein tiefes
Empfinden zu haben, essentiell, aber klar und prägnant,
Für das Leben und die Welt!

Ich weiß, unter diesem Himmel, der meine Ideen berührt,
Unter diesem Himmel, ähnlicher dem, was ich in mir denke,
Fährt diese Elektrische mit ihren voll besetzten Bänken,
Wohin ich fahre.

Und was an all dem ist der absurde Punkt?
Wo ist hier der Fehler, den ich spüre?
Mein milde gestimmter Verstand verliert hier den Boden unter den Füßen,
Und denkend lüge ich bereits,

Mas a que verdade minto, que ponte,
Há entre o que é falso aqui e o que é certo?
Se o que sinto e penso, não sei sequer como o conte,
Se o que está a descoberto

Agora no meu meditar é uma treva e um abismo
Que hei-de fazer da minha consciência dividida?
Oh, carro absurdo e irreal, onde está quanto cismo?
De que lado é que é a vida?

8. 10. 1919

Doch welche Wahrheit belüge ich, welche Verbindung
Besteht zwischen dem Falschen hier und dem Richtigen dort?
Wenn ich das, was ich spüre und denke, nicht einmal zu formulieren vermag,
Wenn das, was auf der Hand liegt,

Jetzt in meinem Sinnen Abgrund ist und Dunkel,
Was mache ich dann mit meinem gespaltenen Bewußtsein?
Oh, absurde und irreale Elektrische, wo sind all meine Gedanken?
Auf welcher Seite ist[3] das Leben?

Non necesse est

É um palco, e um palco de sonho
Com figuras sem dever …
Ali um destino risonho
Funde sonhar com ser.

Cenário do sonho, ilude-o!
Acção, nunca te dês!
Ficções do interlúdio,
Enganai quem vos fez!

E viva a alma a esquecer,
Em transparência alheada,
A vida, que é plebe e mulher,
E a morte, que não é nada!

[1921]

Non necesse est

Eine Bühne, eine Bühne in einem Traum
Mit Schauspielern ohne Spiel …
Und einem heiteren Schicksal,
Das Träumen mit Sein verschmilzt.

Traumkulisse, täusche!
Handlung, finde nie statt!
Und ihr, Fiktionen des Zwischenspiels,
Narrt den, der euch ersonnen hat!

Auf daß die Seele in entfremdeter
Transparenz lebe, das Leben vergessend,
Das Plebs ist und Frau,
Und den Tod, der nichts ist!

Ó curva do horizonte, quem te passa
Passa da vista, não de ser ou 'star.
Seta, que o peito inerme me traspassa,
Não doas, que morrer é continuar.

Não vejo mais esse a quem quis. A taça,
De ouro, não se partiu. Caída ao mar
Sumiu-se, mas no fundo é a mesma graça
Oculta para nós, mas sem mudar.

Ó curva do horizonte, eu me aproximo.
Para quem deixo, um dia cessarei
Da vista do último no último cimo.

Mas para mim o mesmo eterno irei
Na curva, até que o tempo a esfera
....
E aonde estive um dia voltarei.

13. 5. 1921

O Wölbung des Horizonts, wer hinausgeht über dich,
Geht hinaus über alles Sehen, nicht aber über Sein oder Dasein.
Pfeil, der du meine wehrlose Brust durchbohrst,
Du schmerzt nicht, ist Sterben doch ein Weitergehen.

Ich sehe nicht mehr, wen ich liebte. Der Kelch,
Aus Gold, ist nicht zerbrochen. Ins Meer gefallen,
Ist er versunken, doch bewahrt er in der Tiefe,
Uns verborgen, unverändert seinen Reiz.

O Wölbung des Horizonts, ich komme dir näher.
Für all jene, die ich verlasse, werde ich eines Tages
Dem Blick des Letzten auf dem letzten Gipfel entschwinden.

Selbst ewig aber werde ich eingehen
In die Wölbung, bis die Zeit sie Sphäre werden läßt
....
Und eines Tages dorthin zurückkehren, wo ich einst war.

Natal

Nasce um deus. Outros morrem. A Verdade
Nem veio nem se foi: o Erro mudou.
Temos agora uma outra Eternidade,
E era sempre melhor o que passou.

Cega, a Ciência a inútil gleba lavra.
Louca, a Fé vive o sonho do seu culto.
Um novo deus é só uma palavra.
Não procures nem creias: tudo é oculto.

[Dezembro de 1922]

Weihnachten

Ein Gott wird geboren. Andere sterben. Die Wahrheit
Ist weder gekommen noch gegangen: Der Irrtum hat sich geändert.
Die Ewigkeit ist jetzt eine andere für uns,
Und immer war besser, was war.

Blind beackert die Wissenschaft die nutzlose Scholle.
Im Wahn lebt der Glaube den Traum von seinem Kult.
Ein neuer Gott ist nur ein Wort.
Suche nicht und glaube nicht: Alles ist okkult.

[Dezember 1922]

O andaime

O tempo que eu hei sonhado
Quantos anos foi de vida!
Ah, quanto do meu passado
Foi só a vida mentida
De um futuro imaginado!

Aqui à beira do rio
Sossego sem ter razão.
Este seu correr vazio
Figura, anónimo e frio,
A vida vivida em vão.

A 'sprança que pouco alcança!
Que desejo vale o ensejo?
E uma bola de criança
Sobe mais que a minha 'sprança
Rola mais que o meu desejo.

Ondas do rio, tão leves
Que não sois ondas sequer,
Horas, dias, anos, breves
Passam – verduras ou neves
Que o mesmo sol faz morrer.

Gastei tudo que não tinha.
Sou mais velho do que sou.
A ilusão, que me mantinha,
Só no palco era rainha:
Despiu-se, e o reino acabou.

Das Gerüst

Die Zeit, die ich verträumt habe,
Jahre meines Lebens!
Ach, wie viel meiner Vergangenheit
War nur das gelogene Leben
Einer ersonnenen Zukunft!

Hier am Fluß
Werde ich ruhig, ohne Grund.
Sein leerer Lauf
Spiegelt, namenlos und kalt,
Das vergebens gelebte Leben.

Wie wenig doch Hoffnung erreicht!
Welcher Wunsch ist das Warten wert?
Ein Kinderball fliegt
Höher als meine Hoffnung,
Rollt weiter als mein Wunsch.

Wellen des Flusses, so flüchtig,
Daß ihr keine Wellen seid,
Stunden, Tage, Jahre vergehen
Schnell – Grünes oder Schnee,
Alles läßt dieselbe Sonne sterben.

Ich habe vergeudet, was ich nicht hatte.
Bin älter, als ich bin.
Die Illusion, die mich aufrechthielt,
War nur auf der Bühne Königin:
Nackt verlor sie ihre Macht.

Leve som das águas lentas,
Gulosas da margem ida,
Que lembranças sonolentas
De esperanças nevoentas!
Que sonhos o sonho e a vida!

Que fiz de mim? Encontrei-me
Quando estava já perdido.
Impaciente deixei-me
Como a um louco que teime
No que lhe foi desmentido.

Som morto das águas mansas
Que correm por ter que ser,
Leva não só as lembranças
Mas as mortas esperanças –
Mortas, porque hão-de morrer.

Sou já o morto futuro.
Só um sonho me liga a mim –
O sonho atrasado e obscuro
Do que eu devera ser – muro
Do meu deserto jardim.

Ondas passadas, levai-me
Para o olvido do mar!
Ao que não serei legai-me,
Que cerquei com um andaime
A casa por fabricar.

29. 8. 1924
Presença 31,32, Março/Junho 1931

Sanftes Geräusch dieser langsamen Wasser
Begierig auf längst gestreifte Ufer,
Wie schläfrig die Erinnerung
An neblige Hoffnungen!
Welche Träume der Traum und das Leben!

Was habe ich gemacht aus mir? Ich fand mich,
Als ich bereits verloren war.
Ungeduldig blieb ich der, der ich bin,
Wie ein Verrückter, der auf dem
Beharrt, was ihm als falsch bewiesen.

Totes Geräusch dieser sanften Wasser,
Die fließen, weil sie fließen müssen,
Nimm nicht nur meine Erinnerungen,
Nimm auch meine gestorbenen Hoffnungen mit –
Gestorben, weil sie sterben müssen.

Schon jetzt bin ich ein Toter.
Nur ein Traum noch bindet mich an mich –
Der verspätete und dunkle Traum
Von dem, was ich hätte sein sollen – Mauer
Um meinen aufgegebenen Garten.

Wellen, nehmt mich mit auf eurem Weg
Zur Vergessenheit des Meeres!
Bindet mich an das, was ich nicht sein werde,
Ich, der ich mit einem Gerüst das Haus umgab,
Das ich nie bauen werde.

29. 8. 1924
Presença Nr. 31, 32, März/Juni 1931

[A ceifeira]

Ela canta, pobre ceifeira,
Julgando-se feliz talvez;
Canta, e ceifa, e a sua voz, cheia
De alegre e anónima viuvez,

Ondula como um canto de ave
No ar limpo como um limiar,
E há curvas no enredo suave
Do som que ela tem a cantar.

Ouvi-la alegra e entristece,
Na sua voz há o campo e a lida,
E canta como se tivesse
Mais razões p'ra cantar que a vida.

Ah, canta, canta sem razão!
O que em mim sente 'stá pensando.
Derrama no meu coração
A tua incerta voz ondeando!

Ah, poder ser tu, sendo eu!
Ter a tua alegre inconsciência,
E a consciência disso! Ó céu!
Ó campo! ó canção! A ciência

Pesa tanto e a vida é tão breve!
Entrai por mim dentro! Tornai
Minha alma a vossa sombra leve!
Depois, levando-me, passai!

[Dezembro de 1924]
Athena 3

[Die Schnitterin]

Sie singt, die arme Schnitterin,
Wähnt sich vielleicht fröhlich;
Sie singt, und sie sichelt, und ihre Stimme,
Erfüllt von heiter namenloser Witwenschaft,

Schwingt wie Vogelsang
In der Luft rein wie eine Schwelle,
Und Linien sind im lieblichen Gang
Des Tons, den singend sie entfaltet.

Sie zu hören stimmt heiter und traurig zugleich,
In ihrer Stimme liegen das Feld und die Arbeit,
Und sie singt, als gäbe es
Mehr Gründe zu singen als das Leben.

Ach, sing, sing ohne Grund!
Was in mir fühlt, das denkt.
Gieß aus in mein Herz
Deine unsicher schwingende Stimme!

Ach, du sein können, ich seiend!
Deine heitere Unbewußtheit haben
Und das Bewußtsein davon! O Himmel!
O Feld! O Gesang! Das Wissen

Wiegt so schwer, und das Leben so kurz!
Geht ein in mich! Macht
Meine Seele zu eurem leichten Schatten!
Dann nehmt mich auf und schwindet!

[Dezember 1924]
Athena Nr. 3

[Là-bas]

Dorme enquanto eu velo …
Deixa-me sonhar …
Nada em mim é risonho.
Quero-te para sonho,
Não para te amar.

A tua carne calma
É fria em meu querer.
Os meus desejos são cansaços.
Nem quero ter nos braços
Meu sonho do teu ser.

Dorme, dorme, dorme,
Vaga em teu sorrir …
Sonho-te tão atento
Que o sonho é encantamento
E eu sonho sem sentir.

[Dezembro de 1924]

[Là-bas]

Schlafe, während ich wache …
Laß träumen mich …
Nichts in mir ist heiteren Sinns.
Zum Träumen will ich dich
Und nicht zum Lieben.

Dein stilles Fleisch
Ist kalt in meinem Verlangen.
Mein Begehren ist nichts als Müdigkeit.
Nicht einmal den Traum von deinem Wesen
Will in meinen Armen ich halten.

Schlafe, schlafe, schlafe
Vage in deinem Lächeln …
Ich träume dich so wach,
Daß wie durch Zauber
Ich fühllos träume.

[Dezember 1924]

Amiel

Não, nem no sonho a perfeição sonhada
Existe, pois que é sonho. Ó Natureza,
Tão monotonamente renovada,
Que cura dás a esta tristeza?
O esquecimento temporário, a estrada
Por engano tomada,
O meditar na ponte e na incerteza …

Inúteis dias que consumo lentos
No esforço de pensar na acção,
Sozinho com meus frios pensamentos
Nem com uma esperança mão em mão.
É talvez nobre ao coração
Este vazio ser que anseia o mundo,
Este prolixo ser que anseia em vão,
Exânime e profundo.

Tanta grandeza que em si mesma é morta!
Tanta nobreza inútil de ânsia e dor!
Nem se ergue a mão para a fechada porta,
Nem o submisso olhar para o amor!

20. 8. 1925

Amiel[4]

Nein, selbst im Traum existiert die geträumte Vollkommenheit
Nicht, ist sie doch ein Traum. O Natur,
Immer wieder so monoton erneuert,
Welches Mittel hast du gegen diese Tristesse?
Das zeitweilige Vergessen, den irrtümlich
Eingeschlagenen Weg,
Das Sinnen auf der Brücke und in der Ungewißheit …

Unnütze Tage, die ich langsam verlebe
Im Bemühen, an Handeln zu denken,
Allein mit meinen kalten Gedanken
Und keine Hoffnung Hand in Hand.
Dem Herzen ist es vielleicht edel,
Dieses leere Wesen, das sich sehnt nach der Welt,
Dieses überbordende Wesen, dessen Sehnen vergeblich ist,
Ohnmächtig und heftig.

So viel Größe tot in sich selbst!
So viel unnützer Edelmut leidend und sich sehnend!
Weder reckt sich die Hand nach der verschlossenen Tür
Noch richtet sich der demütige Blick auf die Liebe!

Post-Scriptum

Gostaria de saber
De que sonha quem não sonha,
Que tem para se entreter
E fazer meio-risonha
A vida que há por viver ...

Gostaria de sentir
Como é a alma que vive
Sem para a alma sorrir ...
Eu sonhei e nada obtive.
Sonharei sem conseguir.

Mas o que fiz e que faço,
Que é nada, como o é tudo,
Guardo no meu ser o traço
Do sonho que me faz mudo,
E rio-me do cansaço ...

Os grandes homens da terra,
Os que fazem, sem gramática,
Frases de paz e de guerra,
E sabem tudo da prática
Salvo que a prática erra –

Sim, esses têm presença,
Multidão e biografia ...
Que o Fado os tenha na crença
Que esse valer tem valia! ...
Casei com a diferença.

9. 10. 1927

Postskriptum

Ich wüßte gern,
Wovon träumt, wer nicht träumt,
Was er hat, um sich zu zerstreuen
Und ein Lächeln zu entlocken
Dem Leben, das er leben muß …

Ich spürte gern,
Wie die Seele ist, die lebt ohne
Ein Lächeln für die Seele …
Ich habe geträumt und nichts erhalten.
Ich werde träumen und nichts erreichen.

Was ich aber getan habe und was ich tue,
Was, wie alles, nichts ist,
Davon bewahre ich in meinem Sein die Spur
Des Traums, der mich stumm macht,
Und lache über meine Erschöpfung …

Die großen Männer dieser Erde,
Diejenigen, die ohne Grammatik
Über Krieg und Frieden reden,
Und alles wissen über die Praxis,
Abgesehen davon, daß die Praxis irrt –

Sie, ja sie verfügen über Präsenz,
Über Masse und eine Biographie …
Das Schicksal bewahre ihnen den Glauben,
Daß diese Werte von Wert sind! …
Ich habe mich mit dem Unterschied vermählt.

Durmo. Regresso ou espero?
Não sei. Um sonho flui
Entre o que sou e o que quero
Entre o que sonho e o que fui.

19. 10. 1927

Ich schlafe. Eine Rückkehr, ein Warten?
Ich weiß es nicht. Ein Traum fließt
Zwischen dem, was ich bin, und dem, was ich will,
Zwischen dem, was ich träume, und dem, was ich war.

Xadrez

Peões, saem na noite sossegada,
Cansados, cheios de emoções postiças,
Vão para casa, conversando em nada,
Sob peles, e casacos, e peliças.

Peões a que o destino não concede
Mais que uma casa por avanço e sorte,
Salvo se a diagonal lhes outra cede,
E ganham novo, com a alheia morte.

Súbditos sempre da maior mudança
Das nobres peças que ou o Bispo ou a Torre
Subitamente a sorte lhes alcança
E no isolado avanço o peão morre.

Um ou outro, chegando ao fim, consegue
O resgate do que é outro do que ele;
E o jogo, alheio a cada peça, segue,
E a inexorável mão por junto impele.

Depois, coitados, sob peliça ou renda,
Mate! Se finda o jogo e a mão cansada
Guarda as peças sem nexo da contenda,
Que, como tudo é jogo, o fim é nada.

1. 11. 1927

Schach

Bauern, sie gehen hinaus in die Stille der Nacht
Müde, mit vorgetäuschten Gefühlen,
Sie gehen nach Hause, reden über nichts
In Mantel, Leder und Pelz.

Bauern, denen die Bestimmung nicht mehr zugesteht
Als ein Feld pro Zug und Chance,
Es sei denn, die Diagonale gewährt ihnen eine zweite
Durch einen weiteren Zug und einen fremden Tod.

Ewige Untertanen der vornehmen Figuren
Wie Läufer oder Turm, die rasch und weit sich bewegen,
Ereilt sie unversehens ihr Schicksal
Und der Bauer stirbt bei einem ungedeckten Zug.

Geht es dem Ende zu, gelingt es dem einen oder anderen
Den zu retten, der nicht er ist,
Und das Spiel, gleichmütig gegenüber jeder Figur, geht weiter
Angetrieben von unerbittlicher Hand.

Alsdann, die Ärmsten, in Pelz oder Spitze
Schachmatt! Das Spiel ist aus und die müde Hand
Räumt die Figuren des Kampfes achtlos beiseite,
Denn da alles Spiel ist, ist das Ende nichts.

Há quanto tempo eu não passava aqui
    Por esta rua, há dez anos talvez!
Aqui morei, contudo, aqui vivi
    Um tempo – uns dois anos ou três.

A rua é a mesma, o novo é quasi nada
    Mas ela, se me visse, e o dissesse,
Diria, É o mesmo, e eu 'stou tão mudada!
    Assim a alma lembra e esquece.

Passamos pelas ruas e por gente,
    Passamos por nós mesmos, e acabamos;
Depois na ardósia, a Mão Inteligente
    Apaga o símbolo, e recomeçamos.

12. 3. 1928

Wie lange schon bin ich nicht mehr
    Durch diese Straße gegangen, zehn Jahre vielleicht!
Immerhin habe ich hier gewohnt, habe hier gelebt
    Eine Zeit lang – zwei Jahre, oder drei.

Die Straße ist dieselbe, fast nichts ist neu,
    Sie aber, könnte sie mich sehen und es sagen,
Würde sagen: »Er ist derselbe, und ich habe mich so verändert!«
    So erinnert die Seele und vergißt.

Wir gehen durch Straßen und zwischen Menschen hindurch,
    Gehen durch uns selbst, und enden;
Dann an der Tafel, die Intelligente Hand
    Löscht das Symbol, und wir beginnen von vorn.

Entre o luar e o arvoredo,
Entre o desejo e não pensar,
Meu ser secreto vai a medo
Entre o arvoredo e o luar.
Tudo é longínquo, tudo é enredo
Tudo é não ter nem encontrar.

Entre o que a brisa traz e a hora,
Entre o que foi e o que a alma faz,
Meu ser oculto já não chora
Entre a hora e o que a brisa traz.
Tudo não foi, tudo se ignora.
Tudo em silêncio se desfaz.

24. 8. 1930

Zwischen Mondschein und Dickicht,
Zwischen Verlangen und Nicht-Denken
Geht zaghaft mein geheimes Sein
Zwischen Dickicht und Mondschein.
Alles ist fern, alles ist Verwirrung,
Alles ist nicht Nicht-Haben und Nicht-Finden.

Zwischen dem, was die Brise bringt, und der Stunde,
Zwischen dem, was war und was die Seele tut,
Weint mein verborgenes Sein schon nicht mehr
Zwischen der Stunde und dem, was die Brise bringt.
Alles war nicht, alles ist unbekannt.
Alles löst sich auf in Schweigen.

Minha mulher, a solidão,
Consegue que eu não seja triste.
Ah, que bom é ao coração
Ter este lar que não existe!

Recolho a não ouvir ninguém,
Não sofro o insulto de um carinho,
E falo alto sem que haja alguém:
Nascem-me os versos no caminho.

Senhor, se há bem que o céu conceda
Submisso à opressão do Fado,
Dá-me eu ser só, – veste de seda –,
E falar só – leque agitado.

27. 8. 1930

Mein Weib, die Einsamkeit,
Verhindert, daß ich traurig bin.
Ah, wie wohl tut meinem Herzen
Dieses nicht vorhandene Heim!

Ich ziehe mich zurück und höre keinen,
Erleide nicht die Schmach der Zärtlichkeit,
Ich spreche laut und niemand ist zugegen:
Die Verse entstehen mir im Gehen.

Herr, wenn der Himmel, auch er dem Fatum
Untertan, Gutes zu gewähren vermag,
Dann laß allein mich sein – seidenes Gewand –
Und allein mich sprechen – bewegter[5] Fächer.

É boa! Se fossem malmequeres!
E é uma papoula
Sozinha, com esse ar de »queres?«
Veludo da natureza tola.

Coitada!
Por ela
Saí do regímen da estrada.
Não: não a ponho na lapela.

Oscila ao leve vento, muito
Encarnada a arroxear.
Deixei no chão o meu intuito.
Caminharei sem procurar ...

31. 8. 1930

Ja, wenn es Tausendschönchen wären!
Aber nein, ein Klatschmohn
Mutterseelenallein, mit diesem samtenen
»Willst du?« der törichten Natur.

Arme Blume!
Für sie
Bin ich vom Weg abgewichen.
Nein: Ich stecke sie mir nicht ins Knopfloch.

Sie schwankt im sanft wehenden Wind, dunkelrot
Ins Violette spielend.
Ich habe meine Absicht im Boden gelassen.
Ich werde weitergehen und nicht suchen[6] …

Gato que brincas na rua
Como se fosse na cama,
Invejo a sorte que é tua
Porque nem sorte se chama.

Bom servo das leis fatais
Que regem pedras e gentes,
Que tens instintos gerais
E sentes só o que sentes,

És feliz porque és assim,
Todo o nada que és é teu.
Eu vejo-me e estou sem mim,
Conheço-me e não sou eu.

Janeiro, 1931

Katze, du spielst auf der Straße,
Als wäre es auf dem Bett,
Ich beneide das Glück, das dein ist,
Kann man es Glück doch nicht nennen.

Gehorsamer Sklave der verhängnisvollen Gesetze,
Die Steine und Menschen regieren,
Besitzt einfache Instinkte du
Und spürst nur, was du spürst.

Bist glücklich, da du bist, wie du bist,
All das Nichts, das du bist, ist dein.
Ich, ich sehe mich und habe mich nicht,
Ich kenne mich und bin nicht ich.

Se o rouxinol falasse, não cantava.
Ah, um bocado de inconsciência!
Meu coração onde é que estava
Quando eu falava com a ciência?

Não ... É escusado o amor ...
Um sentimento ...
Qualquer cousa que seja a flor
De não haver (nenhum) intento ...

Qualquer cousa de intervalar;
Por imprecisa, suave ...
Qualquer cousa como aquele ar
Onde a alma é ave ...

Depois, até o regresso à vida
Tem suavidade – aquela
Que, porque foi sentida,
É ainda a saudade dela.

Não pensar bem ... Ir começando ...
Depois, interromper sorrindo ...
Ave que, ainda voando,
Vem caindo ...

Memória do futuro inútil,
Preciosa a leque e a riso seu ...
E o pano apaga o drama inútil
Que já esqueceu ...

5. 2. 1931

Spräche sie, die Nachtigall, sie sänge nicht.
Ach, ein Gran Unbewußtheit nur!
Wo war mein Herz, wo war es,
Als ich mit dem Wissen sprach?

Nein … Die Liebe ist verzichtbar …
Ein Gefühl …
Etwas, das die Blume
Des Fehlens einer Absicht ist …

Etwas für hin und wieder;
Da vage und süß …
Etwas wie diese Luft,
In der die Seele ein Vogel ist …

Danach hat selbst die Rückkehr ins Leben
Süße – etwas,
Das, weil gefühlt,
Noch immer die eigene Sehnsucht ist.

Nicht nachdenken … Einfach beginnen …
Dann lächelnd innehalten …
Vogel, der noch im Flug
Fällt …

Unnütz die Erinnerung an die Zukunft,
Preziös mit Fächer und ihr ganz eigenem Lächeln …
Und der Vorhang senkt sich über diesem unnützen Drama,
Das sie schon vergessenen hat …

Parece às vezes que desperto
E me pergunto o que vivi;
Fui claro, fui real, é certo,
Mas como é que cheguei aqui?

A bebedeira às vezes dá
Uma assombrosa lucidez
Em que como outro a gente está.
Estive ébrio sem beber talvez.

E de aí, se pensar, o mundo
Não será feito só de gente
No fundo cheia de este fundo
De existir clara e ebriamente?

Entendo, como um carrossel,
Giro em meu torno sem me achar …
(Vou escrever isto num papel
Para ninguém me acreditar …)

11. 2. 1931

Bisweilen habe ich das Gefühl, ich wache auf
Und frage mich, was habe ich erlebt;
Ich war klar, war wirklich, so viel ist sicher,
Wie aber kommt es, daß ich hier bin?

Trunkenheit verleiht bisweilen
Eine verwirrende Klarheit,
In der man ist wie ein anderer.
Vielleicht war ich betrunken, ohne zu trinken.

Und wenn man bedenkt, daß die Welt
Womöglich nur aus Menschen besteht,
Die im Grunde von Grund auf voll davon sind,
Daß sie klar und betrunken existieren?

Ich verstehe, ich drehe mich wie ein Karussell
Um mich selbst und finde mich nicht …
(Das schreibe ich jetzt auf ein Blatt Papier,
Damit mir auch ja keiner glaubt …)

Diz o jornal que ontem morreste.
Sobre os joelhos o deponho
E numa náusea de eu estar triste
Entristeço, relembro, sonho.

As longas noites rememoro
De vãs conversas e ocioso estudo,
E, com minha alma, opresso, choro
O nada temporal de tudo.

Custa a crer que não hajas. Vai
Pôr-se entre nós o grande muro
Que com a porta onde se sai
Existe a fazer tudo escuro.

E estes versos são o disfarce
Do egoísmo que me humano faz.
Rimo a dor de que tudo passe,
Sorrio. Já te esqueci, rapaz.

Mas ah, conheço claro em mim!
Não é a ti que choro, nem
A sorte abstracta que fez fim:
Mas que eu hei-de morrer também.

É medo o que me faz sentir,
É a saudade de quem sou
Que como um farol vem luzir
Na morte para onde vou.

12. 2. 1931

In der Zeitung steht, du bist gestern gestorben.
Ich lege sie auf die Knie,
Und aus Abscheu über meinen Kummer,
Erinnere ich mich, traurig, träume.

Die langen Abende, ich sehe sie wieder,
Die fruchtlosen Gespräche, das müßige Studium,
Und in meiner Seele bedrückt, beweine ich
Die vergängliche Nichtigkeit von allem.

Du bist nicht mehr, ich mag es nicht glauben.
Die große Wand wird zwischen uns treten,
Sie, mit ihrer Tür nach draußen
Einzig da, alles in Dunkel zu hüllen.

Und diese Verse sind die Maske
Des Egoismus', der mich menschlich macht.
Alles vergeht, ich reime den Schmerz,
Ich lächle. Hab dich schon vergessen, mein Herz.

Doch ach, ich durchschaue, sehe mich!
Nicht dich bewein ich noch das
Abstrakte Schicksal, das den Schlußstrich zog:
Nein, daß auch ich sterben muß.

Angst ist, was mich fühlen macht,
Die Sehnsucht nach dem, der ich bin,
Die einem Leuchtturm gleich
Den Tod erhellt, in den ich gehe.

Paisagens, quero-as comigo.
Paisagens, quadros que são ...
Ondular louro do trigo,
Fios de rios que sigo,
Céu, mar, juncos, solidão ...

Paisagens, todas pintadas
Umas pela mão de Deus,
Outras pelas mãos das fadas,
Outras por acasos meus,
Outras por lembranças dadas ...

Paisagens ... Recordações,
Porque até o que se vê
Com primeiras impressões
Algures foi o que é,
No ciclo das sensações.

Paisagens ... Enfim, melhor
Da que está aqui é a rua
Onde ao sol bom do torpor
Que na alma se me insinua
Não vejo nada melhor.

8. 3. 1931

Landschaften, ich möchte sie in mir.
Landschaften, lebendige Bilder …
Blondes Weizenwellen,
Flußfäden, denen ich folge,
Himmel, Meer, Schilf, Abgeschiedenheit …

Landschaften, gemalt allesamt,
Die einen von Gotteshand,
Die anderen von Feenhänden,
Andere von meinen Zufällen,
Und wieder andere von geschenkten Andenken …

Landschaften … Erinnerungen,
Denn selbst das Gesehene
War in den ersten Eindrücken
Bereits anderswo, was es ist,
Im Zyklus der Wahrnehmungen.

Landschaften … Kurzum, besser
Als diese hier ist die Straße,
Wo ich in der hellen Sonne der Benommenheit,
Die sich mir in die Seele schleicht,
Nichts Besseres sehe.

Autopsicografia

O poeta é um fingidor.
Finge tão completamente
Que chega a fingir que é dor
A dor que deveras sente.

E os que lêem o que escreve,
Na dor lida sentem bem,
Não as duas que ele teve,
Mas só a que eles não têm.

E assim nas calhas da roda
Gira, a entreter a razão,
Esse comboio de corda
Que se chama o coração.

1. 4. 1931
Presença 36, Novembro 1931

Autopsychographie

Täuschen ist dem Dichter eigen.
Dabei täuscht er so vollkommen,
Daß er selbst den Schmerz vortäuscht,
Von dem er gänzlich ist benommen.

Und die da lesen, was er schreibt,
Verspür'n beim Lesen nicht die beiden
Schmerzen, die in ihm gewesen,
Sondern nur den Schmerz, den sie nicht leiden.

Und so fährt im Schienenrund,
Fesselnd den Verstand,
Diese Spielzeugeisenbahn,
Unser Herz genannt.

1. 4. 1931
Presença Nr. 36, November 1931

(Übersetzung Georg Rudolf Lind)

Não sei ser triste a valer
Nem ser alegre deveras.
Acreditem: não sei ser.
Serão as almas sinceras
Assim também, sem saber?

Ah, ante a ficção da alma
E a mentira da emoção
Com que prazer me dá calma
Ver uma flor sem razão
Florir sem ter coração!

Mas enfim não há diferença.
Se a flor flore sem querer,
Sem querer a gente pensa.
O que nela é florescer
Em nós é ter consciência.

Depois, a nós como a ela,
Quando o Fado os faz passar,
Surgem as patas dos deuses
E a ambos nos vêm calcar.

'Stá bem, enquanto não vêm,
Vamos florir ou pensar.

3. 4. 1931

Ich weiß nicht ernstlich traurig zu sein
Noch wirklich fröhlich,
Glaubt mir: Ich weiß nicht zu sein.
Ob die aufrichtigen Seelen
Ebenso sind, ohne es zu wissen?

Ah, angesichts der Fiktion der Seele
Und der Lüge der Emotion,
Welch Vergnügen bereitet mir da
Der beruhigende Anblick einer Blume,
Die ohne ein Herz blüht und ohne Verstand!

Letztlich kein Unterschied.
Die Blume blüht ohne Willen,
Ohne Willen denkt der Mensch.
Ihre Blüte
Heißt bei uns Bewußtsein.

Und dann, für sie wie für uns,
Wenn das Fatum sie schickt,
Erscheinen die Beine der Götter
Und treten uns beide mit Füßen.

Nun denn, solange sie nicht kommen,
Blühen wir eben oder denken.

Sou um evadido.
Logo que nasci
Fecharam-me em mim,
Ah, mas eu fugi.

Se a gente se cansa
Do mesmo lugar,
Do mesmo ser
Porque não se cansar?

Minha alma procura-me
Mas eu ando a monte.
Oxalá que ela
Nunca me encontre.

Ser um é cadeia.
Ser eu é não ser.
Eu vivo fugindo
Mas vivo a valer.

5. 4. 1931

Ich bin ein Entflohener.
Sobald mein Leben begann,
Schloß man mich ein in mir,
Ah, ich aber entrann.

Wenn man den immer selben
Ort müde wird,
Warum nicht auch
Das immer selbe Sein?

Meine Seele sucht mich,
Ich hab mich versteckt.
Gebe Gott, daß sie mich
Niemals entdeckt.

Sein ist ein Gefängnis.
Ich sein ist nicht sein.
Ich lebe auf der Flucht,
Aber lebe, lebe, lebe.

Guardo ainda, como um pasmo
Em que a infância sobrevive,
Metade do entusiasmo
Que tenho porque já tive.

Quasi às vezes me envergonho
De crer tanto em que não creio.
É uma espécie de sonho
Com a realidade ao meio.

Girassol do falso agrado,
Em torno do centro mudo
Fala, amarelo, pasmado [?]
Do negro centro que é tudo.

18. 4. 1931

Noch immer bewahre ich wie ein Staunen,
In dem die Kindheit überlebt,
Die Hälfte der Begeisterung,
Die ich habe, weil ich sie hatte.

Manchmal schäme ich mich beinahe,
So sehr zu glauben, was ich nicht glaube.
Es ist eine Art Traum
Mit der Wirklichkeit im Zentrum.

Sonnenblume mit der trügerischen Freundlichkeit
Um die stumme Mitte,
Sie erzählt, gelb und erstaunt [?]
Von der dunklen Mitte, die alles ist.

Se penso mais que um momento
Na vida que eis a passar,
Sou para o meu pensamento
Um cadáver a esperar.

Dentro em breve (poucos anos
É quanto vive quem vive),
Eu, anseios e enganos,
Eu, quanto tive ou não tive,

Deixarei de ser visível
Na terra onde dá o sol,
E, ou desfeito e insensível,
Ou ébrio de outro arrebol,

Terei perdido, suponho,
O contacto quente e humano
Com a terra, com o sonho,
Com mês e mês e ano a ano.

Por mais que o sol doire a face
Dos dias, o espaço mudo
Lembra-nos que isso é disfarce
E que é a noite que é tudo.

1. 5. 1931

Denke ich mehr als einen Augenblick
An das Leben, das da ist und vergeht,
Bin ich für mein Denken
Ein wartender Leichnam.

Nicht mehr lange (denn wer lebt,
lebt nicht lange),
Und ich, ein Sehnen und Sich-Täuschen,
Ich, ein Haben und Nicht-Haben,

Werde nicht mehr sichtbar sein
Auf der Erde, wohin die Sonne scheint,
Werde, vernichtet und fühllos,
Oder trunken von einer anderen Morgenröte,

Die warme und menschliche
Verbindung zur Erde, zum Traum,
Vermutlich, verloren haben,
Monat um Monat, von Jahr zu Jahr.

So sehr die Sonne auch das Gesicht
Der Tage vergoldet, der stumme Raum
Erinnert uns, daß dies Maskerade ist,
Und einzig die Nacht alles.

Das flores o não-me-esqueças
É talvez a mais pequena.
Se vens dizer-me a verdade,
Vê lá bem se vale a pena.

Uma coisa é a verdade
E outra coisa ser feliz.
Se vens dizer-me a verdade,
Vê lá bem o que ela diz.

Tudo é o que a gente quer
E o que está dito é só dito.
Se vens dizer-me a verdade,
Sabes bem se eu acredito?

2. 5. 1931

Unter den Blumen ist das Vergißmeinnicht
Vielleicht die kleinste.
Wenn du kommst, mir die Wahrheit zu sagen,
Überleg gut, ob es lohnt.

Die Wahrheit ist eine Sache,
Glücklichsein eine andere.
Wenn du kommst, mir die Wahrheit zu sagen,
Überleg gut, was sie sagt.

Wir Menschen möchten alles,
Und was gesagt ist, ist nur gesagt.
Wenn du kommst, mir die Wahrheit zu sagen,
Weißt du dann auch, ob ich sie glaube?[7]

Os galos cantam e estou bebedíssimo.
Não fiz nada da vida senão tê-la.
Mal amei, bebi bem, sonhei muitíssimo.
Minha intenção não foi a minha estrela.

Os galos cantam e eu cada vez mais
Absorto no disperso que o álcool dá.
Curara-me talvez a vida, ou sais,
Ou poder crer, ou desejar o que há.

Cantam tantos tão galos que me irrita
Que a noite que ainda dura possa ser.
Mas virá o dia, e, ao fim da parte escrita,
A morte marra e eu deixo-me colher.

4. 10. 1931

Quantas vezes os braços da loucura
Puseram suas mãos em meus cabelos.

Die Hähne krähen, und ich bin sturzbetrunken.
Ich habe nichts gemacht aus diesem Leben, habe es nur gehabt.
Ich habe schlecht geliebt, gut getrunken, unmäßig geträumt.
Mein Wille war nicht mein Stern.

Die Hähne krähen, und ich mehr und mehr
In Gedanken verzettelt, die der Alkohol mit sich bringt.
Vielleicht hätte mich das Leben geheilt, oder ein Salz,
Oder der Glaube an etwas, oder das Verlangen nach etwas Vorhandenem.

Es krähen so viele Hahnhähne, und es irritiert mich,
Daß die noch immer andauernde Nacht überhaupt sein kann.
Aber irgendwann wird Tag, und bin ich dann fertig mit dem Schreiben,
Nimmt mich der Tod auf die Hörner, und ich laß es geschehen.

Wie oft haben die Arme des Wahnsinns
Mit ihren Händen in mein Haar gegriffen.

Loura, elevada naquela
Postura de quasi triste,
Tive vontade, só a vê-la,
De ir ter, sem peias, com ela
E perguntar-lhe se existe.

Sim, na estação suburbana
De que romance fugiu?
A quanto é sonho se irmana
Maravilha, filigrana
De que a carne conseguiu.

Mas não digo nada. Olho,
Sem entender o que vejo;
Sonho que, incerto, desfolho –
Pétalas, pétalas em molho –
Os jardins do meu desejo.

7. 10. 1931

Blond, hochgewachsen in dieser
Fast traurigen Haltung,
Verlangte mich, ihr bloßer Anblick,
Ohne Umschweife zu ihr zu gehen
Und sie zu fragen, ob es sie gäbe.

Ja, aus welchem Roman war sie geflohen
An diesem Vorortbahnhof?
Sie, die Schwester aller Träume,
Das Wunder, das dem Fleisch
Geglückte Filigran.[8]

Aber ich schweige. Schaue,
Nicht verstehend, was ich sehe;
Träume, daß ich, unsicher –
Blatt um Blatt, zu hauf –
Die Gärten meines Verlangens entblättre.

Não quero nada, nem palavras, nem verdade.
Umas e outras o que são?
Pedaços cortados da realidade,
Momentos de diástole do coração.

Não quero nada. Pensei até não pensar.
Imaginei até me agarrar de medo
Ao mais pequeno bocado de céu ou de mar
Só por ser e por isso me não meter medo.

Nexo inútil entre o que sou e quem sou,
Metafísica falsa das sensações mortas …
Não quero nada. Sou um mendigo cego que vou
Batendo, numa vila deserta, a todas as portas …

13. 5. 1932

Ich will nichts, weder Worte noch Wahrheit.
Was bedeutet schon das eine wie das andere?
Bruchstücke geschnitten aus der Wirklichkeit,
Augenblicke der Diastole des Herzens.

Ich will nichts. Ich habe sogar gedacht, nichts zu denken.
Habe mir sogar vorgestellt, mich aus Angst
An das kleinste Stückchen Himmel oder Meer zu klammern,
Nur um zu sein und mich nicht mehr zu ängstigen.

Unnützer Nexus zwischen dem, was ich bin und wer ich bin,
Falsche Metaphysik der toten Empfindungen …
Ich will nichts. Ich bin ein blinder Bettler, gehe durch einen
Verlassenen Ort von Tür zu Tür und klopfe …

A morte é a curva da estrada,
Morrer é só não ser visto.
Se escuto, eu te oiço a passada
Existir como eu existo.

A terra é feita de céu.
A mentira não tem ninho.
Nunca ninguém se perdeu.
Tudo é verdade e caminho.

23. 5. 1932

Der Tod ist die Kurve in der Straße,
Sterben ist nur dem Blick entzogen sein.
Lausch ich, hör ich deine Schritte
Sein, so wie ich bin.

Die Erde ist aus Himmel.
Die Lüge hat keine Bleibe.
Keiner ging je verloren.
Alles ist Wahrheit und Weg.

Iniciação

Não dormes sob os ciprestes,
Pois não há sono no mundo.
....
O corpo é a sombra das vestes
Que encobrem teu ser profundo.

Vem a noite, que é a morte,
E a sombra acabou sem ser.
Vais na noite só recorte,
Igual a ti sem querer.

Mas na Estalagem do Assombro
Tiram-te os Anjos a capa.
Segues sem capa no ombro,
Com o pouco que te tapa.

Então Arcanjos da Estrada
Despem-te e deixam-te nu.
Não tens vestes, não tens nada;
Tens só teu corpo, que és tu.

Por fim, na funda caverna,
Os Deuses despem-te mais.
Teu corpo cessa, alma externa,
Mas vês que são teus iguais.
....

A sombra das tuas vestes
Ficou entre nós na Sorte.
Não 'stás morto entre ciprestes.
....
Neófito, não há morte.

23. 5. 1932
Presença 35, Maio 1935

Initiation

Nein, du schläfst nicht unter Zypressen,
In dieser Welt gibt es keinen Schlaf.
....
Dein Leib ist der Schatten der Kleider,
Die dein inneres Sein verbergen.

Die Nacht kommt, sie ist der Tod,
Der Schatten ist jetzt ohne Sein.
Und du gehst ein in diese Nacht, ein Umriß nur,
Unwillentlich dir gleich.

In der Herberge zur Verwunderung aber
Nehmen die Engel dir den Umhang ab.
Und du gehst weiter ohne ihn,
Mit dem wenigen nur, das dich bedeckt.

Alsdann ziehen die Erzengel des Weges
Dich nackt aus bis auf die Haut.
Du hast keine Kleider mehr, hast nichts:
Hast nur deinen Leib noch, der du bist.

In der Tiefe der Höhle schließlich
Entkleiden die Götter dich weiter.
Dein Leib, die äußere Seele, erlischt,
Du aber siehst, sie sind deinesgleichen.
....

Der Schatten deiner Kleider
Blieb unter uns im Schicksalslauf.
Du bist nicht tot zwischen Zypressen.
....
Neophyt, es gibt keinen Tod.

23. 5. 1932
Presença Nr. 35, Mai 1935

Basta pensar em sentir
Para sentir em pensar.
Meu coração faz sorrir
Meu coração a chorar.
Depois de parar e andar
Depois de ficar e ir,
Hei-de ser quem vai chegar
Para ser quem quer partir ...

Viver é não conseguir.

14. 6. 1932

Es genügt, ans Fühlen zu denken,
Um mit dem Denken zu fühlen.
Mein Herz macht mein
Weinendes Herz lächeln.
Nach so viel Stillstand und Bewegung,
Nach so viel Bleiben und Gehen
Werde ich der sein, der kommt,
Um der zu sein, der gehen will …

Leben heißt scheitern.

Ah, feliz quem não pensa, porque a vida,
Pois que é parente seu, lhe dá guarida!
Feliz quem faz de bicho, pois que o é!
Quanto a ter crenças, antes ter só fé,
Que é não saber quem se é nem que se quer.
Ah, feliz quem não pensa, pois que é um ser.
Visto que ser é estar no espaço e dar
Consciência a um lugar.

29. 6. 1932

A aranha do meu destino
Faz teias de eu não pensar.
Não soube o que era ser menino.
Sou adulto sem o achar.

É que a teia, de espalhada
Apanhou-me o querer ir …
Sou uma vida baloiçada
Na consciência de existir.

A aranha da minha sorte
Faz teia de muro a muro …
Sou presa do meu suporte.

10. 8. 1932

Glücklich, wer nicht denkt, denn das Leben,
Ihm zugehörig, gewährt ihm Schutz!
Glücklich, wer sich gibt wie ein Tier, da er es ist!
Lieber glauben als überzeugt sein,
Denn wer glaubt, weiß nicht, wer er ist noch was er will.
Glücklich, wer nicht denkt, da, wer nicht denkt, ist.
Denn sein heißt einen Raum einnehmen und
Einem Ort Bewußtsein geben.

Die Spinne meiner Bestimmung
Webt Netze aus meinem Nicht-Denken.
Ich wußte nicht, was Kindsein war.
Und weiß es auch erwachsen nicht.

Denn das Netz mit seinen feinen Fäden
Hat mir mein Weggehn-Wollen vergällt …
Ich bin ein hin- und hergerissenes Leben
Im Bewußtsein meines Seins.

Die Spinne meines Schicksals
Webt ihr Netz von Wand zu Wand …
Und die Beute meines Halts bin ich.

Aquele peso em mim – meu coração.

10. 8. 1932

O sol doirava-te a cabeça loura
És morta, eu vivo. Ainda há mundo e aurora.

10. 8. 1932

Eu próprio sou
O Universo onde estou.

Um animal industrial
Pois sim, o homem é um animal que faz
    Ferramenta e asneiras.
Ferramenta bastante, isso a verdade assenta
Mas mais asneiras do que ferramenta.

Faz de ti um mistério, porque o és
Deves à essência do universo o culto
Do imo do teu ser manter oculto.

Dieses Gewicht in mir – mein Herz.

Die Sonne vergoldete deinen blonden Kopf.
Du bist tot, ich lebe. Und noch immer sind Welt und Morgenröte.

Ich selbst bin
Das Universum, in dem ich bin.

Ein Nutztier
Ja doch, der Mensch ist ein Nutztier,
    Das Werkzeuge macht und dummes Zeug.
Hinreichend Werkzeuge, das beweist die Wahrheit,
Aber mehr dummes Zeug als Werkzeug.

Mach ein Geheimnis aus dir, denn du bist eines.
Du schuldest es der Essenz des Universums, den Kult
Deines inneren Wesens okkult zu halten.

Lisboa

Ah como incerta, na noite quente,
De uma longínqua tasca vizinha
Certa ária antiga, subitamente,
Me faz saudades do que as não tinha.

A ária é antiga? É-o a guitarra.
Da ária mesma não sei, não sei.
Sinto a dor-sangue, não vejo a garra.
Não choro, e sinto que já chorei.

Qual o passado que me tiraram?
Nem meu nem de outro, é só passado:
Todas as coisas que já morreram
A mim e a todos, no mundo andado.

É o tempo, o tempo que leva a vida
Que chora e choro na ária triste.
É a mágoa, a queixa mal-definida
De quanto existe, só porque existe.

14. 8. 1932

Lissabon

Ah, wie vage löst, an diesem warmen Abend,[9]
Aus einer fernen Schänke des Viertels
Ein bestimmtes altes Lied[10] unversehens Sehnsucht aus in mir
Nach einer Zeit, da ich noch keine Sehnsucht kannte.

Ist es ein altes Lied? Die Gitarre ist alt.
Ob das Lied alt ist, ich weiß es nicht, weiß es nicht.
Ich spüre den Blut-Schmerz, die Kralle seh ich nicht.
Ich weine nicht und fühle doch, ich habe geweint.

Welche Vergangenheit hat man mir genommen?[11]
Nicht die meine noch die eines anderen, einzig Vergangenheit.
Alle Dinge, die schon gestorben sind
Für mich und für alle auf dieser Welt.

Es ist die Zeit, die Zeit, die das Leben nimmt,
Das weint und das ich beweine in diesem traurigen Lied.[12]
Es ist der Kummer, die unbestimmte Klage,
Daß so viel existiert, einzig weil es existiert.

Quem me diz que sou quem julgo?
Os doidos é que estão certos.
Por bem ou mal, não promulgo …
Mas quem dera ter abertos

Os ouvidos ao segredo
Da fantasia que engana
E ser quem não se é sem medo
Segundo a maneira humana!

Todos sabem a verdade
Menos eu, que a procurei
Com tanta sinceridade!

[26. 9. 1932]

Wer sagt mir, daß ich bin, wer ich glaube zu sein?
Die Verrückten, sie sind sich sicher.
Ob gut oder schlecht, ich behaupte nichts …
Aber hätte ich doch Ohren

Offen für das Geheimnis
Der trügerischen Phantasie,
Um der zu sein, der man nach
Menschen Art nicht ohne Angst ist!

Alle kennen die Wahrheit
Nur ich nicht, der ich sie
So aufrichtig gesucht habe.

A roupa estendida ao vento
Parece gente a viver
Move-se em gestos sem tento
Perante o meu pensamento
Que não sabe senão ver.

Mas o que fazem no mundo
Os homens nos gestos seus
Nada é mais firme ou profundo
Que este ar nas roupas ao fundo
Dos grandes quintais de Deus.

E eu no meu solene estudo
De como as cousas não são,
No qual compreendo tudo,
Vejo o branco agitar mudo
Da roupa sem coração.

E lembro, por diferença,
A semelhança que há
Entre a agitação intensa
Da roupa livre e suspensa
E aquela em que o homem está.

Ao sol e ao vento da vida
Livre e preso sob os céus
Oscila, coisa movida,
Mas é só roupa estendida
Nos grandes quintais de Deus.

7. 12. 1932

Die in den Wind gehängte Wäsche
Nimmt sich aus wie lebendige Wesen,
Sie bewegt sich sorglos
Vor meinem Denken,
Das nur zu sehen versteht.

Was aber die Menschen auf der Welt
In ihren Bewegungen tun,
Ist in nichts entschiedener oder überlegter
Als dieses Wehen der Wäsche hinten
In den großen Gärten Gottes.

Und ich in meiner feierlichen Betrachtung
Dessen, wie die Dinge nicht sind,
Und in der ich alles verstehe,
Sehe, wie sich das Weiß dieser Wäsche
Ohne Herz stumm bewegt.

Und ich denke, wegen des Unterschieds,
An die Ähnlichkeit, die besteht zwischen
Der lebhaften Bewegung
Der freien und hängenden Wäsche
Und der Bewegung, die dem Menschen eigen ist.

In der Sonne und im Wind des Lebens
Schwingt sie frei und gefangen.
Unter den Himmeln
Und ist doch nur aufgehängte Wäsche
In den großen Gärten Gottes.

Nesta vida, em que sou meu sono,
Não sou meu dono,
Quem sou é quem me ignoro e vive
Através desta névoa que sou eu
Todas as vidas que eu outrora tive.
Mar sou; baixo marulho ou alto rujo,
Mas minha cor vem do meu alto céu,
E só me encontro quando de mim fujo.

Quem quando eu era infante me guiava
Senão a vera alma que em mim estava?
Atada pelos laços corporais,
Não podia ser mais.
Mas, certo, um gesto, olhar ou esquecimento
Também, aos olhos de quem bem olhasse,
A Presença Real sob o disfarce
Da minha alma perscruto sem intento.

Não sou quem sou. Sou o emissário meu.
Não me conheço □

Sou Deus onde sou eu, aqui não sou.

Vejo passar os barcos pelo mar,
Suas velas, como asas do que vejo,
Trazem-me um vago e nítido [?] desejo
De ser quem foi, sem eu saber que foi.
Por isso tudo lembra o meu ser lar,
E porque o lembra quanto sou me dói.

11. 12. 1932

In diesem Leben, in dem mein Schlaf ich bin,
Bin ich nicht mein eigner Herr,
Wer ich bin, ich kenn ihn nicht, er lebt
Durch diesen Nebel, der ich bin,
Alle Leben, die einst ich lebte.
Meer bin ich; brause leise oder brülle laut,
Der hohe Himmel gibt mir Farbe,
Und einzig vor mir fliehend find ich mich.

Wer führte mich in meinen jungen Jahren,
Wenn nicht die Seele, die in mir war, die wahre?
Gefesselt durch des Körpers Bande,
Konnte sie mehr nicht sein.
Doch eine Geste, ein Hinsehn oder auch
Vergessen enthüllt gewiss dem Auge dessen, der zu sehen vermag,
Die Wahre Gegenwart hinter der Maske
Meiner Seele, auch wenn er sie nicht suchte.

Ich bin nicht, wer ich bin. Bin Abgesandter meiner selbst.
Ich kenn mich nicht □

Wo ich bin, da bin ich Gott, hier bin ich nicht.

Ich sehe die Schiffe fahren übers Meer,
Ihre Segel, Flügel meines Sehens,
Bringen mir einen Wunsch, so vage wie entschieden [?]
Zu sein, wer war, nicht wissend, was war.
Und all das erinnert an mein Behaust-Sein,
Und die Erinnerung, so viel zu sein, sie schmerzt.

Eu sou uma antologia.
'Screvo tão diversamente
Que, pouca ou muita a valia
Dos poemas, ninguém diria
Que o poeta é um somente.

Assim deve ser – qualquer
Pode ser um, porque o é.
O poeta deve ser
Mais do que um, para poder
□

Depois para si o poeta
Deve ser poeta também.
Se ele não tem a completa
Diversidade
Não é poeta, é só alguém …

Eu, graças a Deus, não tenho
Nenhuma individualidade.
Sou como o mundo.

17. 12. 1932

Ich bin eine Anthologie.
Schreibe in solcher Vielfalt,
Daß niemand, sei der Gedichte Wert
Groß oder gering, sagen wird,
Daß als Dichter ich nur einer bin.

So muß es sein – jedermann
Kann einer sein, weil er einer ist.
Ein Dichter muß mehr
Als einer sein, um einer sein zu können
□

Zudem muß ein Dichter
Auch für sich selbst Dichter sein.
Fehlt ihm die vollständige
Vielfalt
Ist er kein Dichter, ist nur jemand …

Ich bin, Gott sei gedankt,
Nicht im geringsten einzigartig.
Bin wie die Welt.

Às vezes a chuva é sol,
Quando clara se desata
Em poeira dura de prata
De nuvens claras sem sol.

Então dá calma e alegria
E tanto faz o chover
Como haver sol a encher
O céu azul de alegria.

A tristeza às vezes é
Uma alegria que nasce
Sob o acaso de um disfarce,
E é isso que a vida é.

4. 3. 1933

Bisweilen ist der Regen Sonne,
Wenn er hell sich auflöst
In harten Silberstaub
Heller sonnenloser Wolken.

Dann schenkt er Ruhe und Freude
Und einerlei ist, ob es regnet
Oder Sonne den blauen Himmel
Mit Freude erfüllt.

Die Traurigkeit ist bisweilen
Eine Freude, die unter dem Zufall
Einer Verkleidung erwächst,
Und das ist das Leben.

Isto

Dizem que finjo ou minto
Tudo que escrevo. Não.
Eu simplesmente sinto
Com a imaginação.
Não uso o coração.

Tudo que sonho ou passo,
O que me falha ou finda,
É como que um terraço
Sobre outra cousa ainda.
Essa cousa é que é linda.

Por isso escrevo em meio
Do que não está ao pé,
Livre do meu enleio,
Sério do que não é.
Sentir? Sinta quem lê!

[Abril de 1933]
Presença 38, Abril de 1933

Dies

Man sagt, alles, was ich schreibe,
Ist erdacht und erlogen. Nein.
Ich fühle schlicht
Mit der Phantasie.
Das Herz gebrauch ich nicht.

Alles, was ich träume und durchlebe,
Was mir mißglückt oder entgleitet,
Gleicht einer Terrasse
Über noch anderem.
Und dieses Andere ist schön.

Daher schreibe ich inmitten
Dessen, was nicht nahe ist,
Frei von all meinen Wirrungen
Ernsthaft über das, was nicht ist.
Fühlen? Fühlen möge, wer mich liest!

[April 1933]
Presença Nr. 38, April 1933

Eros e Psique

... E assim vedes, meu Irmão, que as verdades que vos foram dadas no Grau de Neófito, e aquelas que vos foram dadas no Grau de Adepto Menor, são, ainda que opostas, a mesma verdade.

Do Ritual do Grau de Mestre do Átrio
na Ordem Templária de Portugal

Conta a lenda que dormia
Uma Princesa encantada
A quem só despertaria
Um Infante, que viria
De além do muro da estrada.

Ele tinha que, tentado,
Vencer o mal e o bem,
Antes que, já libertado,
Deixasse o caminho errado
Por o que à Princesa vem.

A Princesa Adormecida,
Se espera, dormindo espera.
Sonha em morte a sua vida,
E orna-lhe a fronte esquecida,
Verde, uma grinalda de hera.

Longe o Infante, esforçado,
Sem saber que intuito tem,
Rompe o caminho fadado.
Ele dela é ignorado.
Ela para ele é ninguém.

Eros und Psyche

... Und so seht Ihr, mein Bruder, daß die Wahrheiten, die Euch als Neophyt, und jene, die Euch als niederer Adept zuteil wurden, obgleich entgegengesetzt, dieselbe Wahrheit sind.

Aus dem Ritual des Meisters des Atriums
im Templerorden von Portugal

Die Legende erzählt,
Eine verzauberte Prinzessin
In tiefem Schlafe sich befinde,
Aus dem ein Prinz nur sie erwecken könne,
Der jenseits von des Weges Mauer käme.

Ihm ward, als Probe, aufgegeben,
Das Gute wie das Böse zu besiegen,
Bevor er, nunmehr frei,
Vom falschen Weg abweichend,
Den rechten zur Prinzessin finde.

Die Schlafende Prinzessin aber
Wartet, so sie wartet, schlafversunken.
Im Tod träumt sie das Leben,
Und ihre Stirne des Vergessens schmückt
Grün ein Efeukranz.

In der Ferne bricht der Prinz,
Nicht wissend, was ihn leitet,
Beherzt des Weges Zauberbann.
Ihr ist er gänzlich unbekannt,
Und er weiß nichts von ihr.

Mas cada um cumpre o Destino –
Ela dormindo encantada,
Ele buscando-a sem tino
Pelo processo divino
Que faz existir a estrada.

E, se bem que seja obscuro
Tudo pela estrada fora,
E falso, ele vem seguro,
E, vencendo estrada e muro,
Chega onde em sono ela mora.

E, inda tonto do que houvera,
À cabeça, em maresia,
Ergue a mão, e encontra hera,
E vê que ele mesmo era
A Princesa que dormia.

8. 7. 1933

Ein jeder nur erfüllt, was ihm bestimmt –
Sie in des Zaubers Schlaf versunken,
Er blindlings nach ihr suchend,
Weil von Gott gewollt
Der Weg zu ihr entstand.

So trügerisch und unbekannt
Auch alles ist am Wegesrand,
Er geht ihn festen Schritts und findet,
Weg und Mauer überwindend,
Wo im Schlaf sie wohnt.

Und noch benommen vom Geschehnen
Hebt, wie im Meeresnebel, er die Hand
Zur Stirn, findet Efeu dort,
Und wird gewahr, daß er selbst
Die schlafende Prinzessin war.

Todas as coisas que há neste mundo
Têm uma história,
Excepto estas rãs que coaxam no fundo
Da minha memória.

Qualquer lugar neste mundo tem
Um onde estar,
Salvo este charco de onde me vem
Esse coaxar.

Ergue-se em mim uma lua falsa
Sobre juncais,
E o charco emerge, que o luar realça
Menos e mais.

Onde, em que vida, de que maneira
Fui o que lembro
Por este coaxar das rãs na esteira
Do que deslembro?

Nada. Um silêncio entre juncos dorme.
Coaxam ao fim
De uma alma antiga que tenho enorme
As rãs sem mim.

13. 8. 1933

Alle Dinge auf dieser Welt
Haben eine Geschichte,
Mit Ausnahme der Frösche, die auf dem Grund
Meiner Erinnerung quaken.

Jeder Ort auf dieser Welt hat
Seinen Platz.
Mit Ausnahme dieses Tümpels, aus dem dieses
Quaken kommt.

In mir geht ein falscher Mond auf
Über dem Schilfrohr,
Und der Tümpel, vom Mondlicht
Mehr und minder beschienen, wird sichtbar.

In welchem Leben, wo und wie,
War ich, was ich dank des Quakens
Dieser Frösche erinnere, auf der Spur
Dessen, was ich vergesse?

Nichts. Schweigen schläft zwischen Schilfrohr.
Und am Ende
Meiner großen alten Seele quaken
Die Frösche ohne mich.

O Íbis, ave do Egipto,
Pousa sempre sobre um pé
 (O que é
 Esquisito).
É uma ave sossegada
Porque assim não anda nada.

Uma cegonha parece
Porque é uma cegonha.
 Sonha
 E esquece –
Propriedade notável
De toda ave aviável.

Quando vejo esta Lisboa,
Digo sempre, Ah quem me dera
 (E essa era
 Boa)
Ser um íbis esquisito,
Ou p'lo menos 'star no Egipto.

Que lindo dia o que vemos!
Mas, como estes tempos vão,
É bom que não confiemos …
É melhor dizer que temos,
Não um dia de verão,
Mas um dia de veremos.

Der Ibis, Vogel der Ägypter,
Ruht stets sich aus auf einem Bein
(Seltsam, oder?
Nein?)
Er ist ein Vogel still und stumm,
Denn so stolziert er gar nicht rum.

Er ähnelt einem Storch,
Weil er einer ist.
Er träumt
Und vergißt –
Eine bemerkenswerte Eigenschaft
Von jedem Vogel, der das Fliegen schafft.

Seh ich unser Lissabon,
Sag ich immer: Ach, könnt ich doch
(Und das wäre
Fein)
Ein rätselhafter Ibis sein,
Oder zumindest in Ägypten weil'n.

Welch schöner Tag, den wir da sehn!
Doch da nichts ewig bleibt bestehn,
Ist's gut, dem nicht zu traun …
Und besser noch zu sagen,
Daß keinen Sommertag wir haben,
Sondern einen: Na, mal sehn.

Não sei se é sonho, se realidade,
Se uma mistura de sonho e vida,
Aquela terra de suavidade
Que na ilha extrema do sul se olvida.
É a que ansiamos. Ali, ali
A vida é jovem e o amor sorri.

Talvez palmares inexistentes,
Áleas longínquas sem poder ser,
Sombra ou sossego dêem aos crentes
De que essa terra se pode ter.
Felizes, nós? Ah, talvez, talvez,
Naquela terra, daquela vez.

Mas já sonhada se desvirtua,
Só de pensá-la cansou pensar,
Sob os palmares, à luz da lua,
Sente-se o frio de haver luar.
Ah, nesta terra também, também
O mal não cessa, não dura o bem.

Não é com ilhas do fim do mundo,
Nem com palmares de sonho ou não,
Que cura a alma seu mal profundo,
Que o bem nos entra no coração.
É em nós que é tudo. É ali, ali,
Que a vida é jovem e o amor sorri.

30. 8. 1933

Ich weiß nicht, ist es Traum, ist es Wirklichkeit,
Oder halb Traum halb Leben,
Dieses vergessene liebliche Land
Auf der fernen Südseeinsel.
Es ist das Land unserer Sehnsucht. Dort, dort
Ist das Leben jung und lächelt die Liebe.

Vielleicht spenden nicht vorhandene Palmenhaine
Und ferne nicht mögliche Alleen
Denen, die da glauben, dieses Land
Könnte es geben, Schatten oder Ruhe.
Glücklich, wir? Ach, vielleicht, vielleicht,
In diesem Land, dieses eine Mal.

Doch kaum geträumt, verblaßt es,
Allein der Gedanke daran ermüdet,
Unter den Palmen, im Licht des Mondes,
Spürt man die Kälte seines Scheins.
Ach, auch in diesem Land, auch dort,
Ist das Leid nicht endlich und das Wohl nicht von Dauer.

Nicht mit Inseln am Ende der Welt,
Nicht mit Palmhainen, geträumt oder wirklich,
Heilt die Seele ihr tiefes Leid
Oder kommt das Wohl in unser Herz.
Alles ist in uns. Dort, allein dort,
Ist das Leben jung und lächelt die Liebe.

Entre o sono e o sonho,
Entre mim e o que em mim
É quem eu me suponho,
Corre um rio sem fim.

Passou por outras margens,
Diversas mais além,
Naquelas curvas viagens
Que todo rio tem.

Chegou onde eu habito
A casa que hoje sou.
Passa, se eu me medito;
Se desperto, passou.

E quem me sinto e morre
No que me liga a mim
Dorme onde o rio corre –
Esse rio sem fim.

11. 9. 1933

Zwischen Schlaf und Traum,
Zwischen mir und dem in mir,
Für den[13] ich mich halte,
Fließt ein nicht endender Fluß.

Er streifte andere Ufer,
Mannigfaltig und fern,
Auf diesen mäandernden Reisen
Wie jeder Fluß sie kennt.

Er kam zu dem Haus, in dem
Ich lebe und das ich heute bin.
Er fließt vorüber, wenn ich in mir versinke;
Tauche ich auf, ist er vorübergeflossen.

Und der, als der ich mich fühle und der stirbt
In dem, was mich an mich bindet,
Schläft, wo der Fluß fließt –
Dieser nicht endende Fluß.

Tudo que faço ou medito
Fica sempre na metade.
Querendo, quero o infinito.
Fazendo, nada é verdade.

Que nojo de mim me fica
Ao olhar para o que faço!
Minha alma é lúcida e rica,
E eu sou um mar de sargaço –

Um mar onde bóiam lentos
Fragmentos de um mar de além …
Vontades ou pensamentos?
Não o sei e sei-o bem.

13. 9. 1933

Alles, was ich tue oder erwäge,
Tue ich immer nur halb,
Wenn ich will, will ich das Nicht-Endende.
Wenn ich handle, ist nichts wahrhaftig.

Welche Abscheu mich erfaßt,
Wenn ich betrachte, was ich tue!
Meine Seele ist reich und klar,
Und ich bin eine Sargassosee –

Ein Meer, in dem träge Überreste
Eines Meeres aus dem Jenseits treiben …
Wünsche oder Gedanken?
Ich weiß es nicht und weiß es wohl.

A lavadeira no tanque
Bate roupa em pedra bem.
Canta porque canta, e é triste
Porque canta porque existe;
Por isso é alegre também.

Ora se eu alguma vez
Pudesse fazer nos versos
O que a essa roupa ela fez,
Eu perderia talvez
Os meus destinos diversos.

Há uma grande unidade
Em, sem pensar nem razão,
E até cantando a metade,
Bater roupa em realidade …
Quem me lava o coração?

15. 9. 1933

Die Wäscherin am Waschtrog
Schlägt ihre Wäsche fest auf den Stein.
Sie singt, weil sie singt, und ist traurig,
Weil sie singt, da es sie gibt;
Deshalb ist sie auch fröhlich.

Könnte ich doch nur einmal
In meinen Versen tun,
Was sie mit dieser Wäsche macht,
Dann entginge ich vielleicht
Meinem mannigfaltigen Geschick.

Es ist ein großes Einssein,
Wenn man nicht denkend, nicht verstehend
Und selbst nur halb singend
In der Wirklichkeit Wäsche schlägt …
Wer wäscht mir mein Herz?

Ter pressa é não saber chegar.
Vou devagar.
Vou devagar porque o que é sorte,
E o que morte,
Não as busco, não as evito,
Vêm-me buscar.
Por isso vou sob o infinito
Sem me apressar.

Se eu for depressa, nunca chego.
Devagar, vou
Com o meu ser e com sossego:
Existo, estou.

18. 9. 1933

Eile haben heißt nicht ankommen können.
Ich gehe mit Weile.
Ich gehe mit Weile, weil ich das, was Glück ist
Und was Tod,
Nicht suche noch meide,
Sie sind es, die mich suchen.
Deshalb gehe ich, mit dem Unendlichen über mir,
Ohne Eile.

Habe ich es eilig, komme ich niemals an.
Also gehe ich langsam
Mit mir und mit Weile:
Ich existiere, ich bin.

Viajar! Perder países!
Ser outro constantemente,
Por a alma não ter raízes
De viver de ver somente!

Não pertencer nem a mim!
Ir em frente, ir a seguir
A ausência de ter um fim,
E da ânsia de o conseguir!

Viajar assim é viagem.
Mas faço-o sem ter de meu
Mais que o sonho da passagem.
O resto é só terra e céu.

20. 9. 1933

Reisen! Länder lassen!
Unentwegt ein Anderer sein,
Denn die Seele hat keine Wurzeln,
Lebt sie allein vom Sehen!

Nicht einmal mir gehören!
Vorwärts gehen, der Ziellosigkeit folgend
Und dem Verlangen,
Dies zu erreichen.

Das – das ist Reisen.
Doch mit nichts anderem im Gepäck
Als dem Traum vom Reisen.
Der Rest ist nur Himmel und Erde.

Fresta

Em meus momentos escuros
Em que em mim não há ninguém,
E tudo é névoas e muros
Quanto a vida dá ou tem,

Se, um instante, erguendo a fronte
De onde em mim sou soterrado,
Vejo o longínquo horizonte
Cheio do sol posto ou nado,

Revivo, existo, conheço;
E, inda que seja ilusão
O exterior em que me esqueço,
Nada mais quero nem peço:
Entrego-lhe o coração.

12. 2. 1934

Spalt

In meinen dunklen Momenten,
Wenn niemand in mir ist,
Und Nebel und Mauern alles sind,
Was das Leben hat oder gibt,

Und ich für einen Augenblick aufschaue
Von da, wo ich in mir begraben bin,
Und den fernen Horizont sehe,
Mit der auf- oder untergehenden Sonne,

Erwache ich zu neuem Leben, existiere, erkenne;
Und sei es auch nur eine Illusion,
Dieses Außen, in dem ich mich vergesse,
Ich will und erbitte nichts mehr:
Ich übergebe ihm mein Herz.

O Silva

Morreu o filho do barbeiro,
Uma criança de cinco anos.
Conheço o pai – há um ano inteiro
Que me barbeia e nos falamos

Quando mo disse, o que em mim há
De coração sofreu assombro
E eu abracei-o, incerto já,
E ele chorou sobre o meu ombro.

Nunca acho uma atitude plana
Na vida estúpida e tranquila;
Mas, meu Deus, sinto a dor humana!
Nunca me tires o senti-la!

28. 3. 1934

Senhor Silva

Der Sohn des Barbiers ist gestorben,
Ein fünfjähriges Kind.
Ich kenne den Vater – seit gut einem Jahr
Rasiert er mich und wir unterhalten uns.

Als er es mir sagte, erschrak, was in mir
An Herz ist, zutiefst, und ich
Umarmte ihn, verwirrt wie ich war,
Und er weinte an meiner Schulter.

Nie weiß ich, wie mich verhalten
In diesem stillen dummen Leben;
Aber, mein Gott, ich fühle den menschlichen Schmerz!
Nimm mir dieses Fühlen nie!

Durmo a vida. Que fazer
Ao que terei que perder?
Durmo-a, sonhando e acordando,
E nada crendo nem dando.

Mas entre o sonho e a vida
Qualquer coisa, que é escondida,
Sem se mostrar aparece
Ao que em mim a vê e a esquece.

E assim minha alma cansada
Guarda memória de nada,
E espera confiadamente
Num passado que pressente.

Se depois desperto e lido
Com o mundo e o seu olvido,
Quero só □

28. 3. 1934

Ich schlafe das Leben. Was tun
Mit dem, was ich unweigerlich verlieren werde?
Ich schlafe es, träumend und erwachend,
Nichts glaubend noch gebend.

Doch zwischen Traum und Leben
Erscheint dem in mir, das es sieht
Und vergißt, etwas Verborgenes,
Ohne sich zu zeigen.

Und so bewahrt meine müde
Seele die Erinnerung an nichts,
Und hofft vertrauensvoll
Auf eine Vergangenheit, die sie vorhersieht.

Bin ich dann wach und verbunden
Mit der Welt und ihrem Vergessensein,
Möchte ich nur □

Sim, por fim uma certa calma ...
Certa ciência antiga, sentida
Na substância da vida,
De que não há acabar da alma,
Qualquer que seja a estrada que é seguida ...

Fácil visão?
Crença de muitos? Não.
Que o que sinto tem diferença.
É uma vida, não uma crença ...
Não é pele: é o coração.

Sol que atingiste o ocidente,
Sei que outro te tornarei a ver –
Um outro e o mesmo no oriente:
Tudo é ilusão, mas nada mente,
O Nada que é tudo é o Ser.

31. 3. 1934

Ja, endlich eine gewisse Ruhe …
Ein gewisses altes Wissen, verspürt
In der Substanz des Lebens,
Das mir sagt, daß es für die Seele kein Ende gibt,
Gleich welchem Weg man folgt …

Eine einfache Vorstellung?
Ein Glaube, den viele teilen? Nein.
Denn was ich fühle, ist etwas anderes.
Es ist ein Leben, kein Glaube …
Es ist nicht die Haut: Es ist das Herz.

Sonne, die du untergehst im Westen,
Ich weiß, morgen sehe ich eine andere –
Eine andere und doch dieselbe im Osten:
Alles ist Illusion, doch nichts trügt,
Das Nichts, das alles ist, ist das Sein.[14]

Na paz da noite, cheia de tanto durar,
Dos livros que li
Que eu li a sonhar, a sentir, a mal meditar,
Não vendo que os vi,

Ergo a cabeça subitamente estonteada
Do lido e do vão
De ler e vejo que há paz na noite acabada –
Não no meu coração.

Criança, era outro … Naquele em que me tornei,
Cresci e esqueci.
Tenho de meu agora um silêncio, uma lei.
Ganhei ou perdi?

[Abril de 1934]

Im Frieden der Nacht, so angefüllt mit Dauer
Und Büchern, die ich las,
Träumend, fühlend, kaum sinnend,
Nicht sehend, daß ich sie sah,

Hebe ich meinen Kopf mit einem Mal benommen
Vom Gelesenen und der Vergeblichkeit
Allen Lesens und sehe den Frieden in der endenden Nacht –
Nicht aber in mir.

Als Kind war ich ein anderer … Ich wurde groß und vergaß,
Und wurde darin zu dem, der ich bin.
Heute gehört mir ein Schweigen, ein Gesetz.
Habe ich gewonnen oder verloren?

[April 1934]

A Igreja Católica cobriu como uma redoma
Meus dias serenos.
Chamo-lhe agora, com razões, a Igreja de Roma.
Sei mais ou sou menos?

Kabbalahs, gnoses, mistérios, maçonarias
Tudo tive na mão
Na busca ansiosa que enche minhas noites e dias.
Mas nunca o meu coração.

De que é que me deserdou a verdade?
A maçã diabólica
Comi-a, e sou outro, mas quanto?! Oh a saudade
Da Igreja Católica!

Qualquer cousa de mim quebrou-se, como uma mó
Que caísse mal.
Em pequeno eu seguia, magnanimamente só
Sem nada fatal.

20. 4. 1934

Die Katholische Kirche[15] hat sich einer gläsernen Glocke gleich
Über meine stillen Tage gestülpt.
Jetzt nenne ich sie, aus gutem Grund, die Kirche von Rom.
Weiß ich mehr oder bin ich weniger?

Kabbala, Gnosis, Mysterien, Freimaurerei,
Alles hatte ich in der Hand
Auf der begierigen Suche, die meine Tage und Nächte erfüllt,
Doch nie mein Herz.

Wessen hat mich die Wahrheit enterbt?
Der teuflische Apfel,
Ich habe ihn gegessen und bin ein anderer, doch wie sehr?! Ach, die Sehnsucht
Nach der Katholischen Kirche!

Etwas von mir ist zerbrochen, wie ein Mühlstein,
Der tief gefallen ist.
Ich machte klein weiter, großmütig allein,
Und nichts geriet mir zum Verhängnis.

Voam gaivotas rente ao chão.
Dizem que é chuva a ir chegar.
Mas não, neste momento não:
São só gaivotas rente ao chão
Só a voar.

Assim também se há alegria
Dizem que diz que a dor nos vem.
Talvez. Que importa? Se este dia
Tem aqui a sua alegria,
Que é que a dor tem?

Nada: só o rastro do futuro.
Quando vier, ficarei triste.
Por ora é o dia bom e puro.
Hoje o futuro não existe.
Há um muro.

Goza o que tens, ébrio de seres!
Deixa o futuro onde ele está.
Poemas, vinho, ideais, mulheres –
Seja o que for, se é o que há,
Há para o teres.

Mais tarde ... Mas mais tarde sê
O que mais tarde te for dando.
Por ora aceita, ignora e crê.
Sê rente à terra, mas voando,
Como a gaivota é.

18. 5. 1934

Die Möwen fliegen dicht am Boden.
Man sagt, dies bedeute Regen.
Aber noch regnet es nicht:
Die Möwen fliegen nur dicht am Boden,
Das ist alles.

Ebenso sagt man, wenn Freude herrscht,
Bleibt der Schmerz nicht aus.
Möglich. Ja, und? Wenn der Tag
Hier und heute voll Freude ist,
Was will da der Schmerz?

Nichts: Er ist nur ein Vorgeschmack auf das Morgen.
Sein Kommen wird mich bekümmern.
Zur Stunde ist der Tag ungetrübt.
Heute gibt es kein Morgen.
Nur eine Mauer.

Genieße, was du hast, trunken vor Sein!
Laß das Morgen, wo es ist.
Gedichte, Frauen, Ideale, Wein –
Was es auch sei, wenn ist, was ist,
Dann ist es dein.

Später … Später sei,
Was das Später dir bringt.
Jetzt aber nimm hin, sei unwissend und glaube,
Bleib dicht am Boden, aber fliege,
Einer Möwe gleich.

A lenda dourada e linda
Que me contaram outrora,
Em minha alma dorme ainda
Mas é outra lenda agora.

Antigamente falava
De fadas, elfos e gnomos;
Hoje fala só da escrava
Indecisão que nós somos.

Mas elfos, gnomos e fadas,
Vistos certos, que mais são
Que as projecções enganadas
Dessa nossa indecisão?

Criamos o que não temos
Por nos doer não o ter,
E quasi tudo que vemos
É o que ansiamos por ver.

Depois, cansados daquela
Visão que viu só o nada,
Fechamos toda janela,
Ficamos na alma fechada.

Mas inda esses entes todos
Que outrora eram visão,
Bailam mesmos, e inda a rodos,
Mas só no meu coração.

9. 6. 1934

Die wundersam goldene Legende,
Die man mir einst erzählte,
Schlummert noch immer in meiner Seele,
Wenngleich als eine andere jetzt.

Vormals erzählte von Feen sie,
Von Elfen und Zwergen,
Heute hingegen erzählt sie nur mehr von unserem
Sklavisch wankelmütigen Selbst.

Aber Elfen, Zwerge und Feen
Sind sie, recht besehen,
Nicht nur die irrigen Projektionen
Dieses uns eigenen Wankelmuts?

Wir ersinnen, was wir nicht haben,
Weil das Nicht-Haben uns schmerzt,
Und nahezu alles, was wir sehen, ist,
Was wir uns sehnlich wünschen zu sehen.

Später, müde von diesem Blick,
Der nur sah, was nicht war,
Verschließen wir alle Fenster
Und versiegeln unsere Seelen.

Ist der Blick auch heute ein anderer,
All diese Wesen, sie tanzen noch immer
Und noch immer in großer Zahl,
Doch dies nur in mir.

Reli, como quem lê uma obra alheia,
O que escrevi nessa distância minha
De jovem, a de que a alma ficou cheia.
Porque foi o melhor que a alma tinha;

Reli, e desconheço quem foi poeta
Nessa ocasião em que esplendi absorto,
E o que sou hoje é uma sombra preta
Sobre o chão limpo desse poeta morto.

Reli; nem saberei que é que fui
Quando fui o poeta que não sou …
Não sei que rio por minha alma flui.
Sei que trouxe minha alma e a levou.

23. 6. 1934

Wie jemand, der das Werk eines anderen liest,
Las ich wieder, was ich in meiner jugendlichen Abgehobenheit
Einst schrieb, jener Abgehobenheit, die meine Seele erfüllte,
War sie doch das Beste, was meine Seele besaß;

Ich las es wieder und erkannte nicht, wer der Dichter war
Damals, als ich losgelöst glänzte;
Heute bin ich nur mehr ein schwarzer Schatten[16]
Auf dem blanken Boden dieses toten Dichters.

Ich las es wieder; und weiß dennoch nicht, was ich war,
Als ich der Dichter war, der ich nicht bin …
Noch weiß ich, welcher Fluß durch meine Seele fließt.
Ich weiß nur, er brachte und er nahm sie mir.[17]

Céu alto, que astros revelam
Entre as nuvens que não são
Mais que os nadas que o não velam,
Que sonhos minha alma estrela?
Que noite é o meu coração?

23. 6. 1934

O sol, ausência de Deus,
Ali presente,
Enche de luz estes céus
Que são gente
Veladamente.

Mas não me dá a palavra
Que com haver sol perdi.

3. 10. 1934

Ein hoher Himmel, den Gestirne enthüllen
Zwischen Wolken, die nicht mehr sind
Als das Nichts, das ihn nicht verhüllt,
Welche Träume schmückt meine Seele mit Sternen?
Welche Nacht ist mein Herz?

Die Sonne, Abwesenheit Gottes,
Dort gegenwärtig,
Erfüllt diese Himmel,
Insgeheim
Menschen, mit Licht.

Mir aber gibt sie nicht das Wort,
Das ich mit ihrem Scheinen verlor.

O cão que veio do abismo
Roeu-me os ossos da alma,
E erguendo a perna – o que eu cismo –
Mijou no meu misticismo
Que me dava a minha calma.

O cão veio de onde dorme
Aquele anseio que tenho
Por qualquer coisa de enorme
Que indistintamente forme
A forma de quanto estranho.

E depois de isso completo
O cão que veio do abismo
Que estava inteiro e repleto
Fez sobre tudo o dejecto
Que é hoje o meu misticismo.

24. 6. 1934

Der Hund, der aus dem Abgrund kam,
Nagte an den Knochen meiner Seele,
Und als er das Bein hob – welch ein Gedanke –,
Pinkelte er an meinen Mystizismus,
Der mir meine Gelassenheit schenkte.

Der Hund kam von da, wo jene Sehnsucht
Schläft, die ich nach irgend etwas Riesigem verspüre,
Das undeutlich allem, was mir
Fremd ist, Form verleiht.

Und nachdem dies geschehen war, legte
Der Hund, der aus dem Abgrund kam,
Der bis obenhin voll war,
Auf alles seinen Haufen, den Mist,
Der heute mein Mystizismus ist.

Tenho em mim como uma bruma
Que nada é nem contém
A saudade de coisa nenhuma,
O desejo de qualquer bem.

Sou envolvido por ela
Como por um nevoeiro
E vejo luzir a última estrela
Por cima da ponta do meu cinzeiro

Fumei a vida. Que incerto
Tudo quanto vi ou li!
E todo o mundo é um grande livro aberto
Que em ignorada língua me sorri.

16. 7. 1934

Ich habe in mir gleich einem Nebel,
Der nichts ist und nichts enthält,
Eine Sehnsucht nach nichts,
Ein Verlangen nach vagem Wohl.

Ich bin umhüllt von ihm
Wie von einem dichten Schleier,
Und sehe den letzten Stern über
Dem Rand meines Aschenbechers leuchten.

Ich habe das Leben geraucht. Wie ungewiß
Alles, was ich sah oder las!
Und die ganze Welt ist ein großes offenes Buch,
Das mir in einer unbekannten Sprache zulächelt.

Dá rosas, rosas, a quem sonha rosas!
Ou não dês nada, que sonhar é tudo
As flores naturais e preciosas
São as que eu sonho, transtornado e mudo.

Dá rosas, rosas, só em pensamento,
A quem não tem no mundo mais jardim
Que aquele que há entre o desejo e o intento
E onde haja as rosas que me dás a mim.

4. 8. 1934

No alto da torre está o relógio,
Mais alto ainda o sol está.
Hora a hora um diz meu necrológio
O outro não fala: brilha e há.

Não sei quem mede o tempo aqui:
Se o que dá horas na alta torre
Se o que só alumia, e ri
De alguém poder supor que morre.

4. 8. 1934

Gib Rosen, Rosen dem, der Rosen träumt!
Oder gib nichts, da Träumen alles ist.
Die wahren Blumen, die kostbaren,
Sind die Blumen, die ich träume, verstört und stumm.

Gib Rosen, Rosen, in Gedanken nur,
Dem, der keinen anderen Garten hat auf dieser Welt
Als den zwischen Wunsch und Wollen,
Und wo vielleicht Rosen blühn, die du mir gibst.

Hoch oben auf dem Turm die Uhr,
Höher noch die Sonne.
Stunde um Stunde sagt mir die eine meinen Tod an,
Die andere schweigt: scheint und ist.

Ich weiß nicht, wer die Zeit hier mißt:
Ob das, was die Zeit anzeigt oben auf dem Turm,
Ob das, was nur leuchtet und lacht,
Daß einer glauben könnte, er stürbe.

O louco olhou-me de frente.
Olhei o louco que olhava.
E eu, suposto inteligente,
Senti que já não pensava.

Que vulcão naquela calma
Com que me olhava a olhar
O outro lado da minha alma
Em que penso sem pensar …

Por seus olhos mudos fita
Ao meu coração postiço
Uma certeza infinita
Cheia de nada e de viço …

E eu, humilhado, conheço
No absurdo desse fitar
Que me olha o que sonho e esqueço
Transformado noutro olhar.

Sou eu que me fito e humilho.
Esse louco é a loucura
De que meu ser mudo é filho,
Surgida da sepultura.

18. 8. 1934

Der Verrückte sah mir ins Gesicht.
Und ich, des Denkens vermeintlich fähig,
Fühlte, Aug in Aug mit dem Verrückten,
Wie mir das Denken schwand.

Welch Vulkan in dieser Ruhe,
Mit der er mich die andere
Seite meiner Seele sehen sah,
Wo ich nicht denkend denke …

Grenzenlos ist die Gewißheit,
Voller Nichts und voller Fülle,
Die er stummen Auges richtet
Auf mein vermeintlich Herz …

Und ich, erniedrigt, erkenn
Im Irrwitz dieser Augen,
Die mich ansehn, was ich träume und vergesse,
Verwandelt in den andren Blick.

Ich bin es, der mich ansieht und erniedrigt.
Der Verrückte ist die Verrücktheit,
Ihrem Grab entstiegen,
Und mein stummes Wesen ist ihr Kind.

Como a noite chegasse e ninguém vinha,
Tranquei a porta contra todo o mundo;
E a minha casa plácida e mesquinha
Ficou comigo num silêncio fundo …

Ébrio de só, falando a sós comigo,
Despreocupadamente passeando,
Fui verdadeiramente aquele amigo
Que em cada amigo já me vai faltando.

Mas bateram-me à porta de repente
E todo um poema se apagou num salto …
Era o vizinho, que o almoço assente
Para amanhã me lembrou. Não, não falto.

E, de novo, trancados porta e ser,
Tentei restituir ao coração
O passeio, o entusiasmo e o desejo
Com que era ébrio do que os outros são.

Mas nada … Os móveis naturais da casa,
As paredes certeiras a me olhar,
Como alguém que deixa de olhar a brasa
E não viu brasa já ao ir olhar.

19. 8. 1934

Da es Abend werden konnte, ohne daß jemand kam,
Verschloß ich die Tür gegen die ganze Welt;
Und meine friedliche kleine Wohnung
Versank mit mir in tiefer Stille …

Trunken vom Alleinsein, mit mir selbst sprechend
Und unbekümmert umhergehend,
War ich wahrhaft jener Freund,
Der mir schon jetzt in jedem Freund fehlt.

Mit einem Mal aber klopfte es an meine Tür,
Und schlagartig verflüchtigte sich ein ganzes Gedicht …
Es war der Nachbar, um mich an das Mittagessen
Morgen zu erinnern. Nein, nein, hab's nicht vergessen.

Als Tür und Sein wieder verschlossen waren,
Versuchte ich in meinem Inneren das Umhergehen
Wieder aufzunehmen, suchte nach der Begeisterung, dem Verlangen,
Mit denen ich mich berauscht hatte am Sein der anderen.

Doch nichts da … Die Möbel waren wie immer,
Und die unumgänglichen Wände sahen mich an
Wie jemand, der seinen Blick abwandte von der Glut
Und keine Glut mehr sieht, wendet er sich ihr wieder zu.

Tudo, menos o tédio, me faz tédio.
Quero, sem ter sossego, sossegar.
Tomar a vida todos os dias
Como um remédio,
Desses remédios que há para tomar.

Tanto aspirei, tanto sonhei, que tanto
De tantos tantos me fez nada em mim.
Minhas mãos ficaram frias
Só de aguardar o encanto
Daquele amor que as aquecesse enfim.

Frias, vazias,
Assim.

6. 9. 1934

Alles, ausgenommen die Langeweile, langweilt mich.
Ich möchte ruhelos ruhig sein.
Das Leben täglich einnehmen
Wie eine Arznei,
Eine von denen, die da sind, damit man sie nimmt.

Ich habe so vieles ersehnt, so vieles erträumt,
Daß so viel so vieles nichts bewirkt hat in mir.
Meine Hände blieben kalt
Allein vom Warten auf den Zauber
Dieser Liebe, die sie endlich wärmen würde.

Daher
Kalt und leer.

Bem sei que há ilhas lá ao sul de tudo
Onde há paisagens que não pode haver.
Tão belas que são como que o veludo
Do tecido que o mundo pode ser.

Bem sei. Vegetações olhando o mar,
Coral, encostas, tudo o que é a vida
Tornado amor e luz, o que o sonhar
Dá à imaginação anoitecida.

Bem sei. Vejo isso tudo. O mesmo vento
Que ali agita os ramos em torpor
Passa de leve por meu pensamento
E o pensamento julga que é amor.

Sei, sim, é belo, é longe, é impossível,
Existe, dorme, tem a cor e o fim,
E, ainda que não haja, é tão visível
Que é uma parte natural de mim.

Sei tudo, sei, sei tudo. E sei também
Que não é lá que há isso que lá está.
Sei qual é a luz que essa paisagem tem
E qual o mar por que se vai p'ra lá.

20. 9. 1934

Ich weiß wohl, es gibt Inseln dort im Süden von allem,
Wo es Landschaften gibt, die es nicht geben kann.
Von solch samtener Schönheit wie
Der Stoff, aus dem die Welt sein kann.

Ich weiß es wohl. Eine Vegetation, die das Meer betrachtet,
Korallen, Küsten, und alles, was Licht und Liebe
Gewordenes Leben ist, alles, was das Träumen
Der Nacht gewordenen Imagination schenkt.

Ich weiß es wohl. Ich sehe all dies. Derselbe Wind,
Der dort die reglosen Zweige bewegt,
Weht leicht durch mein Denken,
Und das Denken glaubt, es sei Liebe.

Ich weiß es, weiß es wohl, es ist schön, fern und unmöglich,
Existiert, schläft, ist farbig und endlich,
Und auch wenn es dies nicht gibt, ist es so sichtbar,
Daß es ein natürlicher Teil von mir ist.

Ich weiß alles, ja, weiß alles. Und weiß auch,
Daß es dort nicht gibt, was dort ist.
Ich weiß, welches Licht über dieser Landschaft liegt
Und über welches Meer man dorthin gelangt.

Porque dormes, porque dormes,
Porque dormes sem razão
Sob céus fictícios e enormes
Sem nenhuma sensação?

Desperta! Há aurora no mundo
O sol doira o que se vê,
E há um sentimento profundo
Que se não sabe o que é.

Mas tu dormes, dormes … Ah,
Quem sabe se dormes bem
E se o que em teu sono há
Não é mais que a aurora tem.

3. 10. 1934

Warum schläfst du, warum schläfst du,
Warum schläfst du ohne Grund
Unter einem unwirklichen, unermeßlichen Himmel,
Ohne dies im geringsten wahrzunehmen?

Wach auf! Die Welt rötet sich im Morgen,
Die Sonne vergoldet alles Sichtbare,
Und ein tiefes Gefühl ist da, ein Gefühl,
Von dem man nicht weiß, was es ist …

Du aber schläfst, schläfst … Ach,
Wer weiß, ob du nicht guttust daran,
Und ob das, was dein Schlaf birgt,
Nicht mehr ist, als die Morgenröte[18] bringt.

Liberdade

Ai que prazer
Não cumprir um dever,
Ter um livro para ler
E não o fazer!
Ler é maçada,
Estudar é nada.
O sol doura
Sem literatura.
O rio corre, bem ou mal,
Sem edição original.
E a brisa, essa,
De tão naturalmente matinal,
Como tem tempo não tem pressa.

Livros são papéis pintados com tinta.
Estudar é uma coisa em que está indistinta
A distinção entre nada e coisa nenhuma.

Quanto é melhor, quando há bruma,
Esperar por D. Sebastião,
Quer venha ou não!

Grande é a poesia, a bondade e as danças …
Mas o melhor do mundo são crianças,
Flores, música, o luar, e o sol, que peca
Só quando, em vez de criar, seca.

O mais do que isto
É Jesus Cristo,
Que não sabia nada de finanças
Nem consta que tivesse biblioteca …

16. 3. 1935

Freiheit

O welch Vergnügen
Keine Pflicht zu üben,
Ein Buch zu haben
Und es nicht aufzuschlagen!
Lesen ist lästig.
Lernen ist sinnlos.
Die Sonne vergoldet
Auch ohne Literatur.
Selbst der Fluß fließt
Ohne Originalausgabe.
Und die Brise,
So natürlich Teil des Morgens,
Hat, da sie Zeit hat, keine Eile …

Bücher sind bedrucktes Papier.
Lernen heißt den Unterschied zwischen
Nichts und gar nichts unterschiedslos ergründen.

Wie viel besser ist es da, bei Nebel
Auf Dom Sebastião[19] zu warten,
Gleich, ob er kommt oder nicht!

Groß ist die Poesie, die Güte und der Tanz …
Das Beste auf der Welt aber sind Kinder,
Blumen, Musik, der Mondschein und die Sonne, Sünderin
Nur, wenn sie statt Blüte Dürre bringt.

Doch größer noch als all dies
Ist Jesus Christus,
Der nichts von Finanzen verstand
Und auch keine Bücher hatte, soweit bekannt …

Dois gatos, numa grande discussão,
Qu'riam ambos um rato morto. »É meu!«
Dizia um. O outro dizia, »Não!«

Com o pelo eriçado e os olhos feios,
Olharam-se, assopraram, e um no outro
Enterraram as unhas, sem rodeios.

Mas uma gata velha, em vez de a açoite,
A golpes de vassoura sem demora
Pô-los ambos na rua, e »boa noite!«

Não, »boa noite« não, que estava frio;
Havia um vento de cortar a pele,
E, além disso, caía a neve a fio.

Com tanto frio esfriou logo o furor
Dos rivais, que já estavam com saudades
Da cozinha e o seu cheiro e o seu calor;

E, no degrau sentados, tiritando,
Lá fizeram as pazes, e, quietinhos,
P'ra onde estavam trataram de ir tornando.

Zwei Kater, die machten ein Riesentheater,
Um ein und dieselbe tote Maus. »Die ist mein!«
Sagte der eine. Der andere entgegnete »Nein!«

Mit gesträubtem Fell und bösen Augen
Begannen sie zu schnauben, erhoben
Ihre Tatzen, verlegten sich aufs Kratzen.

Da griff eine alte Katze unverzüglich
Statt der Peitsche flink zum Besen, fegte beide
Vor die Tür; »Gute Nacht«, das war's gewesen.

»Gute Nacht?« Von wegen. Nein!
Es stürmte wild, fror Stein und Bein,
Dem nicht genug, fiel dichter Schnee.

In solch bittrer Kälte war es rasch vorbei
Mit der Rivalen Raserei, war die Sehnsucht doch zu groß
Nach der Küche wohlriechend warmem Schoß.

Und so schlossen zitternd auf der Treppe sie
Frieden und überlegten zahm, da, wo sie waren,
Wie ins Haus zurück sie kamen. Wie?

Um dia baço mas não frio …
Um dia como
Se não tivesse paciência p'ra ser dia,
E só num assomo
Num ímpeto vazio
De dever, mas com ironia,
Se desse luz a um dia enfim
Igual a mim,
Ou então
Ao meu coração
Um coração vazio
Não de emoção
Mas de buscar um fim –
Um coração baço mas não frio.

18. 3. 1935

Ein trüber Tag, jedoch nicht kalt …
Ein Tag, als
Sei ihm nicht nach Tag,
Als erhelle er nur aus einer Laune heraus,
In einem Anflug bar
Jeden Pflichtgefühls, nicht aber ohne Ironie,
Einen Tag letztlich
Wie ich
Oder aber
Wie mein Herz,
Ein Herz bar
Nicht des Gefühls,
Aber der Suche nach einem Ziel –
Ein trübes Herz, jedoch nicht kalt.

Coitadinho
Do tiraninho!
Não bebe vinho,
Nem sequer sozinho …

Bebe a verdade
E a liberdade,
E com tal agrado
Que já começam
A escassear no mercado.

Coitadinho
Do tiraninho!
O meu vizinho
Está na Guiné,
E o meu padrinho
No Limoeiro
Aqui ao pé,
E ninguém sabe porquê.

Mas, enfim, é
Certo e certeiro
Que isto consola
E nos dá fé:
Que o coitadinho

Do tiraninho
Não bebe vinho,
Nem até
Café.

Um sonhador nostálgico do
abatimento e da decadência

[29. 3. 1935]

Welch armer Mann
Unser kleiner Tyrann![20]
Trinkt keinen Wein,
Nicht mal allein …

Er trinkt die Wahrheit,
Trinkt die Freiheit,
Findet so großen Gefallen daran,
Daß man sie auf dem Markt
Kaum mehr finden kann.

Welch armer Mann
Unser kleiner Tyrann!
Mein Nachbar
Ist in Guinea,[21]
Und mein Gevatter
Im Limoeiro,[22]
Gleich hier herum
Und keiner weiß warum.

Eines aber ist
Sicher und gewiß,
Spendet Trost uns, ja,
Erfüllt mit Zuversicht:
Dieser arme Mann

Von einem kleinen Tyrann
Trinkt keinen Wein,
Und selbst Kaffee,
Den läßt er sein.

Ein nostalgischer Träumer der Melancholie und Dekadenz

António de Oliveira Salazar.
Três nomes em sequência regular …
António é António.
Oliveira é uma árvore.
Salazar é só apelido.
Até aí está bem.
O que não faz sentido
É o sentido que tudo isto tem.

29. 3. 1935

António de Oliveira Salazar.
Drei Worte, der Reihe nach …
António ist António,
Oliveira ein Olivenbaum,
Salazar ist nur ein Name, sonst nichts.
So weit, so gut.
Was aber keinen Sinn macht,
Ist der Sinn, den all dies hat.

Sim, é o Estado Novo, e o povo
Ouviu, leu e assentiu.
Sim, isto é um Estado Novo,
Pois é um estado de coisas
Que nunca antes se viu.

Em tudo paira a alegria,
E, de tão íntima que é,
Como Deus na teologia
Ela existe em toda a parte
E em parte alguma se vê.

Há estradas, e a grande Estrada
Que a tradição ao porvir
Liga, branca e orçamentada,
E vai de onde ninguém parte
Para onde ninguém quer ir.

Há portos, e o porto-maca
Onde vem doente o cais.
Sim, mas nunca ali atraca
O paquete *Portugal*
Pois tem calado de mais.

Há esquadra ... Só um tolo o cala,
Que a inteligência, propícia
A achar, sabe que, se fala,
Desde logo encontra a esquadra:
É uma esquadra de polícia.

Visão grande! Ódio à minúscula!
Nem para prová-la tal
Tem alguém que ficar triste:
União Nacional existe,
Mas não união nacional.

Ja, dies ist der Neue Staat,[23] und das Volk
Hat davon gehört, gelesen und zugestimmt.
Ja, dies ist ein Neuer Staat,
Denn in diesem Staat gibt es Dinge,
Die es zuvor nie gab.

Allüberall herrscht Fröhlichkeit, die
Da so im Innersten,
Wie Gott in der Theologie,
Zwar überall zugegen ist,
Doch nirgendwo zu sehen.

Straßen gibt's, und die Große Straße,
Die, weiß und fest im Haushaltsplan,
Die Tradition mit der Zukunft verbindet
Und von da, wo niemand weg will,
Nach dort führt, wo niemand hin will.

Häfen gibt's, und den Lazarett-Hafen,
In dem der Kai danieder liegt,
Ja, dort legt aber nie
Der Dampfer *Portugal* an,
Hat er doch zu viel Tiefgang.[24]

Geschwader gibt's … Ein Narr, der dies verneint,
Denn die Intelligenz, spitzfindig,
Weiß, sobald sie spricht,
Sie sogleich auf ein Geschwader trifft:
Eine Formation der Polizei.

Große Vision! Nieder mit der kleinen!
Erweist sie sich als solche,
Ist dies kein Grund zur Traurigkeit:
Es gibt sie, die Nationalunion,[25]
Nicht aber die nationale Union.

E o Império? Vasto caminho
Onde os que o poder despeja
Conduzirão com carinho
A civilização cristã,
Que ninguém sabe o que seja.

Com »directrizes« à arte
Reata-se a tradição,
E junta-se Apolo e Marte
No Teatro Nacional,
Que é onde era a Inquisição.

E a fé dos nossos maiores?
Forma-a, impoluta, o consórcio
Entre os padres e os doutores.
Casados o Erro e a Fraude,
Já não pode haver divórcio.

Que a fé seja sempre viva,
Porque a esp'rança não é vã!
A fome corporativa
É derrotismo. Alegria!
Hoje o almoço é amanhã.

29. 7. 1935

Und das Imperium? Ein weiter Weg,
Auf dem sich die Macht derer entledigt,
Die dort mit Passion
Unsere christliche Zivilisation verbreiten,
Von der niemand recht weiß, was das ist.

Mit Direktiven zur Kunst wiederum
Besinnt man sich auf die Tradition
Und vereint Apoll und Mars
Im Theater der Nation,[26]
Vormals Sitz der Inquisition.

Und der Glaube unserer Vorfahren?
Den erzeugt makellos ein Konsortium
Von Patres und Doctores. Denn
Sind Irrtum und Betrug[27] erst einmal ein Paar,
Ist Scheidung nicht mehr möglich.

Auf daß der Glaube immer lebendig bleibe,
Ist doch die Hoffnung nicht vergeblich!
Der Hunger nach Körperschaft
Ist Schwarzseherei. Halleluja!
Das Mittagessen heute ist morgen.

29. 7. 1935[28]

É uma grande coisa
A celebridade
Faz-se nos jornais
A maior verdade.
A outra porta
É portão de arte.

Se o jornal lhe diz
Que é grande
Não se sinta feliz.
Ande.
Sinta-se também
Grande e estará bem.

Tudo é fingimento
Nos jornais e em nós.
Mas isso é o sentimento,
A sós.

Eine große Sache,

Die Berühmtheit,
Sie wird in der Zeitung
Zur größten Wahrheit.
Die andere Tür
Ist das Tor der Kunst.

Steht in der Zeitung,
Sie sind groß,
Bilden Sie sich nichts darauf ein.
Legen Sie los.
Fühlen auch Sie sich
Groß, dann geht es Ihnen gut.

Alles ist nichts als Schein
In der Zeitung und in uns.
Das aber ist ein Gefühl
Für einen allein.

No Túmulo de Christian Rosencreutz

Não tínhamos ainda visto o cadáver de nosso Pai prudente e sábio. Por isso afastámos para um lado o altar. Então pudemos levantar uma chapa forte de metal amarelo, e ali estava um belo corpo célebre, inteiro e incorrupto …, e tinha na mão um pequeno livro em pergaminho, escrito a ouro, intitulado T., que é depois da Bíblia o nosso mais alto tesouro nem deve ser facilmente submetido à censura do mundo.

Fama Fraternitatis Roseae Crucis

I
Quando, despertos deste sono, a vida,
Soubermos o que somos, e o que foi
Essa queda até ao Corpo, essa descida
Até à Noite que nos a Alma obstrui,

Conheceremos pois toda a escondida
Verdade do que é tudo que há ou flui?
Não: nem na Alma livre é conhecida …
Nem Deus, que nos criou, em Si a inclui.

Deus é o Homem de outro Deus maior:
Adão Supremo, também teve Queda;
Também, como foi nosso Criador,

Foi criado, e a Verdade lhe morreu …
De além o Abismo, 'Spírito Seu, Lha veda;
Aquém não a há no Mundo, Corpo Seu.

II
Mas antes era o Verbo, aqui perdido
Quando a Infinita Luz, já apagada,
Do Caos, chão do Ser, foi levantada
Em Sombra, e o Verbo ausente escurecido.

Am Grab von Christian Rosencreutz

Wir hatten die sterbliche Hülle unseres umsichtigen und weisen Vaters noch nicht gesehen. Daher rückten wir den Altar beiseite. Sodann konnten wir eine schwere Platte aus gelbem Metall aufheben, und ein erlauchter Leib bot sich uns unberührt und unversehrt in seiner ganzen Schönheit dar ..., er hielt einen kleinen Pergamentband in Händen, mit goldenen Lettern, betitelt mit T., und nächst der Bibel unser höchster Schatz, der dem Urteil der Welt nicht leichtfertig überantwortet werden darf.

Fama Fraternitatis Roseae Crucis

I

Wenn, erwacht aus diesem Schlaf, dem Leben,
Wir wissen werden, was wir sind, und was
Dieser Fall war in den Leib, dieser Abstieg
In die Nacht, die uns die Seele verschließt,

Werden wir dann die ganze verborgene Wahrheit
Erfahren über alles, was da ist oder fließt?
Nein: Selbst der freien Seele ist sie unbekannt ...
Selbst Gott, der uns erschuf, schließt sie nicht ein in Sich.

Gott, Mensch eines anderen, größeren Gottes:
Höchster Adam, auch er erlebte seinen Fall;
So wie er unser Schöpfer war, ward einst

Auch er erschaffen, und die Wahrheit starb Ihm ...
Der Abgrund, Sein Geist, verwehrt sie Ihm im Jenseits;
Im Diesseits, in der Welt, Seinem Leib, gibt es sie nicht.

II

Im Anfang aber war das Wort, uns hier verloren,
Als das Ewige Licht, bereits erloschen,
Aus dem Chaos, dem Boden allen Seins, zum Schatten ward erhoben
Und das abwesende Wort von Dunkelheit getrübt.

Mas se a Alma sente a sua forma errada,
Em si, que é Sombra, vê enfim luzido
O Verbo deste Mundo, humano e ungido,
Rosa Perfeita, em Deus crucificada.

Então, senhores do limiar dos Céus,
Podemos ir buscar além de Deus
O Segredo do Mestre e o Bem profundo;

Não só de aqui, mas já de nós, despertos,
No sangue actual de Cristo enfim libertos
Do a Deus que morre a geração do Mundo.

III
Ah, mas aqui, onde irreais erramos,
Dormimos o que somos, e a verdade,
Inda que enfim em sonhos a vejamos,
Vemo-la, porque em sonho, em falsidade.

Sombras buscando corpos, se os achamos
Como sentir a sua realidade?
Com mãos de sombra, Sombras, que tocamos?
Nosso toque é ausência e vacuidade.

Quem desta Alma fechada nos liberta?
Sem ver, ouvimos para além da sala
De ser: mas como, aqui, a porta aberta?
....
Calmo na falsa morte a nós exposto,
O Livro ocluso contra o peito posto,
Nosso Pai Roseacruz conhece e cala.

[1935]

Fühlt aber die Seele, daß ihre Form falsch ist,
Sieht sie doch in sich, diesem Schatten, das menschliche
Und geweihte Wort dieser Welt leuchten,
Die Vollkommene Rose, gekreuzigt in Gott.

So können denn wir, Herren der Himmelsschwelle,
Jenseits von Gott dem Geheimnis unseres Meisters
Nachspüren und dem höheren Guten;

Auferweckt von dieser Erde und auch von uns,
Sind endlich befreit wir im wirkenden Blute Christi
Von diesem Hin zu Gott, diesem Tod der Welten Geschlecht.

III
Ach, aber hier, wo unwirklich wir umherirren,
Schlafen wir, was wir sind, und die Wahrheit,
Auch wenn wir sie endlich sehen im Traum,
Sehen wir, weil träumend, doch nur falsch.

Schatten wir, nach Leibern suchend, wie ihre
Wirklichkeit erfühlen, wenn wir sie finden?
Was berühren, Schatten wir, mit Schattenhänden?
Unsere Berührung ist Leere nur und nicht Vorhandensein.

Wer befreit uns aus dem Gefängnis dieser Seele?
Nichts sehend hören wir über diesen Raum des
Seins hinaus: Doch wie die Tür hier öffnen?
....
Still vor uns aufgebahrt in seinem falschen Tod,
Das geschlossene Buch an seine Brust gepreßt,
Weiß unser Vater Rosenkreuz und schweigt.

PRAÇA DA FIGUEIRA

Ainda que escritos sobre o tema popular dos tres Santos lisboetas de Junho, estes poemas não são, nem pretendi que fossem, populares. Baseados no obscuro sentimento pagão do nosso povo, pretendeu-se que o passassem para outro nivel; que, sendo fieis á emoção simples do povo lisboeta, a interpretassem, sem obscuridade desnecessária, com as complexidades naturais da inteligência.

Foram escritos, todos os tres, no dia 9 de Junho de 1935. Cronologicamente, pois, não há neles erro, salvo se houver qualquer cousa de erro em toda antecipação.

Santo António

Nasci exactamente no teu dia –
Treze de Junho, quente de alegria,
Citadino, bucólico e humano,
Onde até esses cravos de papel
Que têm uma bandeira em pé quebrado
Sabem rir ...
Santo dia profano
Cuja luz sabe a mel
Sobre o chão de bom vinho derramado!

Santo António, és portanto
O meu santo,
Se bem que nunca me pegasses
Teu franciscano sentir,
Católico, apostólico e romano.

PRAÇA DA FIGUEIRA[29]

Auch wenn diese Gedichte ein so volkstümliches Thema wie die drei Lissabonner Heiligen des Monats Juni zum Gegenstand haben, sind sie weder volkstümlich gemeint noch so zu verstehen. Sie basieren auf dem dunklen heidnischen Gefühl unseres Volkes, sollen dieses aber auf eine andere Ebene verlagern und, den einfachen Empfindungen der Leute von Lissabon getreu, nicht unnötig unverständlich, sondern entsprechend der natürlichen Vielschichtigkeit des Verstandes wiedergeben.

Verfaßt wurden alle drei am 9. Juni 1935. Und da dies in chronologischer Abfolge geschah, weisen sie keinen Fehler auf, es sei denn, an dieser Vorwegnahme wäre bereits etwas falsch.

Heiliger Antonius[30]

Geboren wurde ich an genau deinem Tag –
Dreizehnter Juni, freudenheiß,
Städtisch, bukolisch und menschlich,
Ein Tag, an dem selbst die Papiernelken
Mit Fähnchen und hinkenden Versen versehen[31]
Zu lachen verstehen ...
Heilig profaner Tag,
Dessen Licht nach Honig schmeckt
Über dem mit gutem Wein befleckten Boden!

Heiliger Antonius, daher bist du
Mein Heiliger,
Auch wenn du mich nie angesteckt hast
Mit deinem franziskanischen Fühlen,
Katholisch, apostolisch, römisch.

(Reflecti.
Os cravos de papel creio que são
Mais propriamente, aqui,
Do dia de S. João …
Mas não vou escangalhar o que escrevi.
Que tem um poeta com a precisão?)

Adiante … Ia eu dizendo, Santo António,
Que tu és o meu santo sem o ser.
Por isso o és a valer,
Que é essa a santidade boa,
A que fugiu deveras ao demónio.
És o santo das raparigas,
És o santo de Lisboa,
És o santo do povo.
Tens uma auréola de cantigas,
E então
Quanto ao teu coração –
Está sempre aberto lá o vinho novo.

Dizem que foste um pregador insigne,
Um austero, mas de alma ardente e ansiosa,
Etcetera …
Mas qual de nós vai tomar isso à letra?
Que de hoje em diante quem o diz se digne
Deixar de dizer isso ou qualquer outra cousa.

Qual santo! Olham a árvore a olho nu
E não a vêem, de olhar só os ramos.
Chama-se a isto ser doutor
Ou investigador.

Qual Santo António! Tu és tu.
Tu és tu como nós te figuramos.

(Recht überlegt,
Gehören die Papiernelken
Hier wohl eher
Zum Johannistag …
Aber ich zerstör doch nicht, was ich geschrieben hab,
Was schließlich hat ein Dichter mit Genauigkeit zu tun?)

Soeben … Heiliger Antonius, sagte ich da nicht gar,
Du bist mein Heiliger, ohne heilig zu sein?
Deshalb bist du's auch mit Haut und Haar,
Denn wahrhaft heilig ist,
Wer ein für allemal dem Teufel selbst entwischt'.
Du bist der Heilige der jungen Mädchen,
Du bist der Heilige der Stadt Lissabon.
Du bist der Heilige des Volkes.
Trägst aus Liedern einen Heiligenschein,
Und dann,
Dein Herz –
Immer ist er offen dort, der junge Wein.

Sollst ein bemerkenswerter Prediger gewesen sein,
Sittenstreng, doch mit sehnsüchtig brennender Seele,
Et cetera …
Aber wer von uns nimmt das schon wörtlich?
Denn wer solches sagt, wird von heute an die Güte haben,
Dies oder was auch immer nicht mehr zu sagen.

Du, ein Heiliger! Sie betrachten mit bloßem Auge einen Baum
Und sehen ihn nicht, betrachten sie doch nur die Zweige.
Doctor nennt sich dergleichen
Oder Gelehrter.

Du, Antonius, ein Heiliger! Du bist du.
Du bist du, so wie wir dich sehen.

Valem mais que os sermões que deveras pregaste
As bilhas que talvez não consertaste.
Mais que a tua longínqua santidade
Que até já o Diabo perdoou,
Mais que o que houvesse, se houve, de verdade
No que – aos peixes ou não – a tua voz pregou,
Vale este sol das gerações antigas
Que acorda em nós ainda as semelhanças
Com quando a vida era só vida e instinto,
As cantigas,
Os rapazes e as raparigas,
As danças
E o vinho tinto.

Nós somos todos quem nos faz a história.
Nós somos todos quem nos quer o povo.
O verdadeiro título de glória,
Que nada em nossa vida dá ou traz,
É haver sido tais quando aqui andámos,
Bons, justos, naturais em singeleza,
Que os descendentes dos que nós amámos
Nos promovem a outros, como faz
Com a imaginação que há na certeza,
O amante a quem ama,
E o faz um velho amante sempre novo.
Assim o povo fez contigo
Nunca foi teu devoto; é teu amigo,
Ó eterno rapaz.

Mehr wert als all die Predigten, die wahrhaft du gepredigt,
Sind jene Krüge, die du vielleicht nie geflickt hast.
Mehr wert als deine ferne Heiligkeit,
Selbst vom Teufel schon verziehen,
Mehr wert als das, was es an Wahrheit gäbe, wenn wahr je war,
Was deine Stimme – den Fischen – predigte oder auch nicht,
Ist diese Sonne früherer Generationen,
Die in uns noch immer die Verbundenheit weckt
Mit jener Zeit, als das Leben nur Leben war und Instinkt,
Die Lieder,
Die jungen Burschen und die Mädchen,
Die Tänze
Und der Rotwein.

Wir alle sind der, der uns die Geschichte macht.
Wir alle sind der, der uns zum Volk will.
Die wahre Größe,
Die uns im Leben nichts gibt oder bringt,
Besteht darin, daß wir hienieden dieser oder jener waren,
So gut, gerecht und natürlich in aller Einfachheit,
Daß die Nachkommen derer, die wir liebten,
Uns zu anderen erheben, wie dies
Mit der Phantasie der Gewißheit
Der Liebende tut mit dem, den er liebt,
Was einen alten Geliebten zu einem stets jungen macht.
So hat es das Volk mit dir gehalten,
Es hat dich nie angebetet, es liebt dich,
Ewiger Knabe, du.

(Qual santo nem santeza!
Deita-te noutra cama!)
Santos, bem santos, nunca têm beleza.
Deus fez de ti um santo ou foi o Papa? …
Tira lá essa capa!
Deus fez-te santo? O Diabo, que é mais rico
Em fantasia, promoveu-te a manjerico.

És o que és para nós. O que tu foste
Em tua vida real, por mal ou bem,
Que coisas ou não-coisas se te devem
Com isso a estéril multidão arroste
Na nora de erros duns burros que puxam, quando escrevem,
Essa prolixa nulidade, a que se chama história.
Quem foste tu ou foi alguém,
Só Deus o sabe, e mais ninguém.

És pois quem nós queremos, és tal qual
O teu retrato, como está aqui,
Neste bilhete postal.
E parece-me até que já te vi.

És este, e este és tu, e o povo é teu –
O povo que não sabe onde é o céu,
E nesta hora em que vai alta a lua
Num plácido e legítimo recorte,
Atira risos naturais à morte,
E, cheio de um prazer que mal é seu,
Em canteiros que andam enche a rua.

(Du, ein Heiliger! Und im Geruch der Heiligkeit!
Leg dich in ein anderes Bett!)
Heilige, wahre Heilige, sind nie von Schönheit.
Hat Gott einen Heiligen aus dir gemacht, oder war's der Papst? …
Dies Mäntelchen leg ab!
Der liebe Gott war's? Der Teufel, reicher noch
An Phantasie, hat dich zum Küchenkraut erhoben.

Du bist für uns, was du bist. Was du warst in
Deinem wirklichen Leben, zum Guten oder zum Bösen,
Welche Dinge oder Nicht-Dinge man dir schuldet,
Damit trotzt die tumbe Menge
Am Schöpfrad der Irrtümer, das ein paar Esel ziehen, wenn sie schreiben,
Dieser uferlosen Nichtigkeit, die da Geschichte heißt.
Wer du warst oder wer sonst wer war,
Weiß einzig Gott, und keiner sonst.

So bist du denn der, den wir wollen, bist ganz
Wie dein Abbild hier,
Auf dieser Postkarte.
Ja, mir scheint gar, ich hab dich schon gesehen.

Du bist der da, und der da bist du, und das Volk ist dein –
Das Volk, das nicht weiß, wo der Himmel ist,
Und das jetzt, da der Mond hoch steht
Und sich ruhig und klar abzeichnet,
Dem Tod frech ins Gesicht lacht
Und, wie nur selten vergnügt,
In sich bewegenden Blumenbeeten,[32] die Straßen bevölkert.

Sê sempre assim, nosso pagão encanto,
Sê sempre assim!
Deixa lá Roma entregue à intriga e ao latim,
Esquece a doutrina e os sermões.
De mal, nem tu nem nós merecíamos tanto.
Foste Fernando de Bulhões,
Foste Frei António –
Isso sim.
Por que demónio
É que foram pregar contigo em santo?

Bleib so, bleib so für immer, bleib
Unser heidnisches Entzücken!
Gib Rom der Intrige anheim und dem Latein,
Vergiß die Doktrin und die Predigten.
An Übel haben weder wir noch du so viel verdient.
Du warst Fernando de Bulhões[33],
Du warst Bruder Antonius –
Das ja.
Du, ein Heiliger,
Warum zum Teufel haben sie dir das angetan?

S. João

Ó Precursor, fizeste-la bonita!
Não que teu Cristo, incarnação do Bem
Não seja o teu Divino Anunciado.
O mal são os que após, sem mística divina,
Nem ternura cristã, ou só humana,
Meteram a Jesus na cela da doutrina
Com as algemas do ódio manietado
Para depois manchar de falsa fé
O pobre homem que todo homem é

A cruel multidão negramente infinita
Que tem sido o algoz ou o ladrão
Da ingénua humanidade aflita –
Esses que, aqui mesmo, pelos modos,
Dão ao inferno realização …
Ah, nem podiam ser piores, nem
Que a mulher do Diabo, se ele a tem,
Os tivesse parido a todos.

Eu bem sei que houve muito santo e crente,
Muito puro, bondoso e inocente.
Bem sei, bem sei:
Sei-o eu e sabe-o toda a gente.
Mas esses, cuja alma está em Cristo
São só isto –
Qualquer remédio que se dissolvesse

No chá que para isso há,
E cujo gosto nele se perdesse;
O chá fica sabendo só a chá.
Se o remédio faz bem,
Não o sabe ninguém.
Que o chá não presta, não duvida alguém.

Heiliger Johannes

O Wegbereiter, das hast du fein gemacht!
Nicht daß dein Christus – Verkörperung des Guten –
Nicht der von dir Angekündigte wäre.
Das Übel sind all jene, die, im nachhinein, Jesus ohne göttliche Mystik,
Christliche oder auch nur menschliche Zärtlichkeit
In die Zelle der Doktrin sperrten,
Gefesselt mit Handschellen des Hasses,
Um den armen Mann, der jedermann ist,
Mit einem falschen Glauben zu beflecken,

Die grausame undurchschaubar unbestimmte Menge,
Die Henker war oder Dieb
Der arglosen, leidtragenden Menschheit –
Jene, die, genau hier, durch ihr Tun
Dafür sorgen, daß die Hölle wahr wird ...
Ah, sie könnten nicht schlimmer sein, selbst
Wenn die Frau des Teufels, sofern er eine hat,
Sie allesamt geboren hätte.

Ich weiß wohl, es gab so manch Heiligen und Gläubigen,
So manch Reinen, Gütigen und Unschuldigen.
Ich weiß es wohl, ich weiß es wohl:
Ich weiß es, und alle Welt weiß es.
Aber sie, deren Seele in Christus ist,
Sind einzig dies –
Eine Medizin, die man auflösen muß

In einem eigens dafür bestimmten Tee,
Damit sie ihren Geschmack verliert;
Der Tee schmeckt nur nach Tee.
Ob die Medizin guttut,
Das weiß niemand.
Daß der Tee nichts taugt, daran zweifelt keiner.

Sabemos isso, e sabê-lo-ia antes
De todos nós o teu Mestre que viria,
Profeta, Deus e guia dos errantes.
Quão dolorosamente o saberia!
Sei que houve astros no céu da fé vazia.
Sei, mas repara que falso isso soa!
Por mais astros que a noite use brilhantes,
Que Diabo!, a noite não se chama dia.

Ó Precursor! Fizeste-a boa!

Deliro. Para nós, os de Lisboa,
Não és o precursor de nada.
És um rapaz ainda menino
Que tem por missão boa,
Por missão sorridente e sossegada
Ter ao colo um cordeiro pequenino.

Lá o que esse cordeiro significa
Não tem cheiro
Para o povo, que tem a alma rica
Da emoção que não conhece.
Para ele o cordeiro é um cordeiro,
E o menino sorri e a vida esquece.

O resto são fogueira
E os saltos dados a gritar
Com um medo exagerado
Feito tudo de maneira
A mostrar
O riso, as pernas e o agrado.
É quente e anónima a aragem,
Tudo é juventude e viço

Soviel wissen wir, und hätte es vor uns allen
Dein Meister gewußt, der da kommen sollte,
Prophet, Gott und Hirte aller Irrenden,
Wie schmerzlich wäre ihm dieses Wissen gewesen!
Ich weiß, am Himmel des leeren Glaubens standen Sterne.
Ich weiß, aber beachte, wie falsch das klingt!
So zahlreich die Sterne, von der die Nacht schimmernd Gebrauch
macht, auch sind,
Zum Teufel!, die Nacht heißt nicht Tag.

O Wegbereiter! Das hast du gut gemacht!

Ich phantasiere. Für uns, die Leute von Lissabon,
Bist du nicht der Wegbereiter von nichts.
Du bist ein junger Mann, ein Knabe noch,
Betraut mit der schönen Mission,
Der lächelnden, friedlichen Mission,
Ein Lämmlein in deinen Armen zu tragen.

Was dieses Lamm bedeutet,
Riecht nach nichts
Für das Volk, dessen Seele reich ist
An Emotionen, die es nicht kennt,
Für das Volk ist das Lamm ein Lamm,
Und der Knabe lächelt, und das Leben vergißt.

Der Rest, das sind die Johannisfeuer
Und die Sprünge und die Schreie
Und die übertriebene Angst, und
All dies, nur, um lauthals zu lachen,
Die Beine
Zu zeigen und Ausgelassenheit.
Die Luft ist warm und namenlos,
Alles ist Jugend und Kraft

Num arraial multicolor e vasto.
Bonito serviço
Como homenagem
A quem, ainda com cabeça, foi um casto!

Mas é assim que és
E é assim que serás,
Até que pisem esta terra os pés
Do último fado que o Destino traz.

Então, esperamos, eu e todos,
Ver-te »surgir no céu«, como quem vence
Tudo que é realidade ou ilusão
Por o menino ser que lhe pertence,
E os seus bons e santos modos
»Com o cordeirinho na mão«,
Como te viu Catullo Cearense.

Mas, desçamos à terra,
Que, por enquanto, o céu aterra,
Porque antes disso mete a morte.
Há muita coisa desconhecida
Na tua vida.
Tens muita sorte
Em ninguém saber da partida
Que em mil setecentos e dezassete
Tu fizeste à Igreja constituída.
Estavas, eu bem sei, cansado
Com o que a Igreja se intromete
Com tua vida e o teu divino fado.

E foi então que, para te vingar
E, à maneira de santo, os arreliar,
Desceste mansamente à terra
Perfeitamente disfarçado

Auf einem Volksfest vielfarbig und weit.
Gut gemacht
Als Huldigung
An den, der, als er noch mit einem Kopf versehen, ein Keuscher war!

Doch so bist du
Und so bleibst du,
Bis des letzten Fatums Füße, uns vom Schicksal zugedacht,
Diese Erde betreten.

Daher hoffen wir, ich und alle,
Dich »im Himmel erscheinen« zu sehen, wie einen,
Der Herr ist über alle Wirklichkeit oder Illusion,
Weil ihm der Knabe gebührt,
Mit seinem guten und heiligen Wesen
Und »einem Lämmlein in der Hand«,
So wie Catullo Cearense[34] dich sah.

Aber zurück zur Erde,
Denn noch macht der Himmel angst,
Bringt er zunächst doch den Tod.
So vieles ist unbekannt
Aus deinem Leben.
Du kannst von Glück reden,
Daß niemand von dem Streich weiß,
Den du der Institution Kirche
Siebzehnhundertsiebzehn gespielt hast.
Ich verstehe, du warst es leid,
Daß sie sich ständig einmischten
In dein Leben und deine göttliche Bestimmung.

Damals bist du, um dich zu rächen
Und den Brüdern auf Heiligenart eins auszuwischen,
Perfekt verkleidet,
Heimlich, still und leise auf die Erde gekommen

E fizeste entre os homens da razão
Um milagre arrojado,
Mas cuja assinatura se erra,
Quando em teu dia, S. João do Verão,
Fundaste a Grande Loja de Inglaterra.

Isto agora é que é bom,
Se bem que vagamente rocambólico.
Eu a julgar-te até católico,
E tu sais-me maçon.

Bem, aí é que há espaço para tudo,
Para o bem temporal do mundo vário.
Que o teu sorriso doure quanto estudo
E o Teu Cordeiro
Me faça sempre justo e verdadeiro,
Pronto a fazer falar o coração
Alto e bom som
Contra todas as fórmulas do mal,
Contra tudo que torne o homem precário.
Se és maçon,
Sou mais do que maçon – eu sou templário.

Esqueço-te Santo.
Deslembro o teu indefinido encanto.

Meu Irmão, dou-te o abraço fraternal.

Und hast unter den Verstandesmenschen
Ein kühnes Wunder vollbracht,
Dessen Handschrift man allerdings falsch verstand,
Als du an deinem Tag, Heiliger Johannes vom Sommer,
Die Großloge von England[35] gegründet hast.

Und das, das ist jetzt wirklich gut,
Wenngleich auch etwas phantastymbolisch.
Ich geh so weit und halt dich für einen Katholiken,
Und du kommst mir als Freimaurer daher.

Nun denn, dort gibt es für alles Raum,
Für das vergängliche Wohl der vielfältigen Welt.
Dein Lächeln möge vergolden, was ich lerne,
Und dein Lamm
Möge mich stets gerecht und wahrhaftig sein lassen,
Auf daß mein Herz spreche
Laut und deutlich vernehmbar
Gegen alle Spielarten des Bösen,
Gegen alles, was den Menschen schwach macht.
Wenn du Freimaurer bist,
Dann bin ich mehr als Freimaurer – ich bin Templer.

Ich vergesse dich als Heiligen.
Denke nicht mehr an deinen grenzenlosen Zauber.

Mein Bruder, ich umarme dich brüderlich.

S. Pedro

Tu, que Diabo!, és velho.
És o único dos três que traz velhice
Às festas. Tuas barbas brancas
Têm contudo um ar terno
A que o teu duro olhar não dá razão.
Parece que com essas barbas brancas
Por um fenómeno de imitação
Pretendes ter um ar de Padre Eterno.

Carcereiro do céu, isso é o que és,
Basta ver o tamanho dessas chaves –
As que Roma cruzou no seu brasão.
Segundo aquele passo do Evangelho
Do »Tu és Pedro« etcetera (Tu sabes),
Que é, afinal, uma fraude,
Meu velho, uma interpolação.

Carcereiro do céu, que chaves essas!
Nem dão vontade de ser bom na terra,
Se, segundo evangélicas promessas
Vamos parar, no fim, a um céu claustral.
Isso – fecharem-me – não quero eu,
Nem com Deus e o que é seu
Que o estar fechado faz-me mal
Até na beatitude do teu céu,
Entre os santos do paraíso,
(A liberdade Deus dá a Deus –
Um Deus que não sei se é o teu)
O estar fechado, aqui ou ali, dizia eu
Faz-me terríveis cócegas no juízo.

Heiliger Petrus

Zum Teufel, du bist nun wirklich alt!
Der Einzige von den Dreien, der das Alter
Mit auf diese Feste bringt. Dein weißer Bart
Indes hat etwas Zärtliches, wenngleich
Dein strenger Blick dagegen spricht.
Man könnte meinen, du willst dir
Mit diesem weißen Bart
Das Aussehen eines Himmlischen Vaters geben.

Kerkermeister des Himmels, das bist du, jawohl,
Man sehe sich bloß die Riesenschlüssel an –
Rom trägt sie gekreuzt im Wappen.
Steht nicht im Evangelium,
»Du bist Petrus« und so weiter (du weißt schon),
Was letztlich eine Fälschung ist,
Mein Alter, eine Interpolation.

Kerkermeister des Himmels, was zum Teufel, sind das für Schlüssel!
Sie verleiden einem jegliche Lust, auf Erden gut zu sein,
Zumal wir, wie das Evangelium uns verheißt,
Am Ende doch nur in einem Gefängnishimmel landen.
Eingesperrt sein – um Himmels willen, nur das nicht,
Weder mit Gott noch mit dem, was sein ist,
Eingesperrt sein bekommt mir nicht,
Auch nicht in der Glückseligkeit deines Himmels,
Mitten unter den Heiligen des Paradieses
(Die Freiheit – Gott gebe sie Gott –
Ein Gott, von dem ich nicht weiß, ob er der deine ist),
Eingesperrt sein, hier wie dort, juckt mich,
Wie gesagt, fürchterlich im Hirn.

Enfim, que direi eu de ti, amigo,
Que não seja uma coisa morta,
Anti-popular, gongórica,
Por fruste deselegante,
Como de quem, sem saber nada, exorta.
Começo por duvidar bastante,
Desculpa-me chaveiro antigo,
De que tivesses existência histórica.

Mas isso, é claro, não importa
Se nos trazes
A alegria da singeleza
Ou a bondade que não sabe ter tristeza.
O pior é que nada disso fazes.
O teu semblante é duro e cru
E as barbas que roubaste ao Deus que tens
Só arrancam aos dandies teus loquazes [?]
Ditos de dandecíssimos desdéns.
Que diabo, és uma série de ninguéns.
O santo são as chaves, e não tu.

Para uns és S. Pedro, o grão porteiro,
Para outros as barbas já citadas,
Para uns o tal fatídico chaveiro
Que fecha à chave as almas sublimadas.

Para uns fundaste a Roma do Papado
(Andavas bêbado ou enganado
Ou esqueceste
O teu Mestre quando o fizeste)
E para outros enfim, como é o povo
E segundo as ideias que ele faz,
És quem lhe não vem dar nada de novo –
Umas barbas com S. Pedro lá por trás.

Nun, was soll ich sagen über dich, Freund,
Das keine leere Hülse ist,
Unpopulär und schwülstig,
Da ungeschliffen und plump,
Großspurig wie über einen, den man nicht kennt.
Mir kommen gewaltige Zweifel,
Verzeih mir, alter Schließer,
An deiner historischen Existenz.

Das aber ist, selbstredend, nicht von Bedeutung,
Sofern du uns
Die Freude der Arglosigkeit bringst
Oder die Güte, die keine Traurigkeit kennt.
Dumm nur, daß du nichts von alledem tust.
Deinesgleichen ist hart und grausam,
Und den Bart, den du Gott gestohlen hast,
Reißen deine geschwätzigen verächtlich
Dandyhaften Sprüche nur den Dandys aus [?].
Zum Teufel, du bist ein Haufen Niemande.
Der Heilige, das sind die Schlüssel, nicht du.

Für die einen bist du Petrus, der große Pförtner,
Für die anderen der bereits erwähnte Bart,
Für wieder andere jener schicksalhafte Schließer,
Der die geläuterten Seelen verwahrt.

Für die einen bist du der Gründer des päpstlichen Roms
(Warst wohl betrunken damals oder verwirrt
Oder hast nicht
An deinen Meister gedacht),
Für andere schließlich, und wie das Volk,
Das so seine Vorstellungen hat,
Bist du nichts Neues –
Ein Bart eben mit dem Heiligen Petrus dahinter.

É difícil tratar-te em verso ou prosa,
Tudo em ti, salvo as barbas, é incerto.
Tudo teu, salvo as chaves, não tem ser.
E a alma mais humilde é clamorosa
De qualquer coisa que se possa ver,
Em sonho até, qual se estivesse perto.

Olha, eu confesso
Que nunca escreveria
Este vago poema, em que me apresso
Só para me ver livre do teu nada,
Se não fosse para dar o cunho
A este livro da trilogia
(Santo António, S. João, S. Pedro –)
De popular, que bem que soa!
Mas por que diabo de intuição errada
É que vieste parar a Junho
E a Lisboa?

Isto aqui ainda tem
Um sorriso que lhe fica bem,
Que até, até
No teu dia,
(Ó estupor velho
Com um chavelho,)
Nas ruas
O povo anda com alegria,
É fé,
Não em ti nem nas barbas tuas
Mas no que a alegria é.

Es ist nicht leicht, dich in Vers oder Prosa abzuhandeln,
Alles an dir, ausgenommen dein Bart, ist ungewiß.
Alles, was dein ist, ausgenommen deine Schlüssel, ist ohne Sein.
Und die demütigste Seele fleht um
Etwas, das man sehen kann, als wäre es nah,
Und sei es auch nur im Traum.

Nun denn, ich gestehe,
Daß ich dieses vage Gedicht,
In dem ich mich spute,
Nur um mich befreit zu sehen von deinem Nichts,
Nie schriebe,
Gelte es nicht dieser Trilogie
(Antonius, Johannes, Petrus –)
Auf daß sie gut klingt, einen Anstrich von Volksnähe zu geben!
Doch aus welch teuflisch falscher Intuition
Kamst auf den Juni du
Und auf Lissabon?

All dies hier hat dennoch
Ein Lächeln, das ihm gut bekommt,
Da selbst, ja, selbst
An deinem Tag
(Du alter Bock
Mit deinem Schlüsselbund am Rock)
Das Volk so fröhlich
Durch die Straßen zieht
Im Glauben
Nicht an dich noch deinen Bart,
Sondern an das, was ihm zur Freude ward.

Olha, acabei.
Que mais dizer-te, não sei.
Espera lá, olha.
Roma, fingindo que viceja,
Lentamente se desfolha.
Um gesto volvente e mudo
Teu último gesto seja.
Se tens poder milagroso,
Se essas chaves abrem tudo,
Deixa esse céu lastimoso.
Deixa de vez esse céu,
Desce até à humanidade
E abre-lhe, enfim, no maior gesto teu,
As portas da Justiça e da Verdade.

9. 6. 1935

Nun denn, dies ist das Ende des Gedichts,
Mehr weiß ich nicht zu sagen.
Doch warte, sieh nur, sieh.
Rom, das Blüte vortäuscht,
Verliert allmählich seine Blätter.
Deine letzte Geste
Möge allumfassend sein und stumm.
Und wenn Wunder du vollbringen kannst,
Wenn diese Schlüssel alles öffnen,
Verlaß ihn, diesen jämmerlichen Himmel.
Verlaß ihn ein für allemal,
Zur Menschheit komm herab,
Und öffne ihr mit der größten deiner Gesten
Die Pforten zu Gerechtigkeit und Wahrheit.

Azul ou verde ou roxo, quando o sol
O doura falsamente de vermelho,
O mar é áspero, casual [?] ou mole,
É uma vez abismo e outra espelho.
Evoco porque sinto velho
O que em mim quereria mais que o mar
Já que nada ali há por desvendar.

Os grandes capitães e os marinheiros
Com que fizeram a navegação,
Jazem longínquos, lúgubres parceiros
Do nosso esquecimento e ingratidão.
Só o mar, às vezes, quando são
Grandes as ondas e é deveras mar
Parece incertamente recordar.

Mas sonho ... O mar é água, é água nua,
Serva do obscuro ímpeto distante
Que, como a poesia, vem da lua
E uma vez o abata e outra o levante.
Mas, por mais que descante
Sobre a ignorância natural do mar,
Pressinto-o, vagamente, a memorar.

Quem sabe o que é a alma? Quem conhece
Que alma há nas coisas que parecem mortas,
Quanto em terra ou nos mares nunca esquece.
Quem sabe se no espaço vácuo há portas?
Ó sonho, que me exortas
A meditar assim a voz do mar,
Ensina-me a saber-te meditar.

Blau, grün oder violett, wenn die Sonne
Es trügerisch rot vergoldet,
Ist das Meer rauh, zufällig [?] oder träge,
Einmal Abgrund, einmal Spiegel.
Ich erinnere dies, weil ich als alt empfinde,
Was in mir mehr möchte als das Meer,
Gibt es dort doch nichts mehr zu entdecken.

Die großen Kapitäne und Seeleute,
Mit denen man die Meere befuhr,
Ruhen in der Ferne, stygische Gefährten
Unseres Vergessens, unserer Undankbarkeit.
Einzig das Meer scheint, bisweilen,
Wenn hoch die Wellen gehen und es wahrhaft Meer ist,
Sich schwach zu erinnern.

Aber ich träume … Das Meer ist Wasser, bloßes Wasser,
Sklavin der dunklen, fernen Kraft,
Die, wie die Poesie, vom Mond kommt,
Der es einmal niederwirft, ein andermal emporhebt.
Doch so sehr ich auch klage
Über die natürliche Unwissenheit des Meeres,
Ich ahne es, vage, in meiner Erinnerung.

Wer weiß, was die Seele ist? Der, welcher weiß,
Welche Seele in den Dingen ist, die tot uns scheinen,
Und wie viel auf Erden und in den Meeren nie vergißt.
Wer weiß, ob es nicht Türen gibt in der Leere des Raumes?
O Traum, der du mich gemahnst,
Der Stimme des Meeres dergestalt nachzusinnen,
Lehre mich zu wissen, wie dir nachsinnen.

Capitães, contramestres – todos nautas
Da descoberta infiel de cada dia –
Acaso vos chamou de ignotas flautas
A vaga e impossível melodia,
Acaso o vosso ouvido ouvia
Qualquer coisa do mar sem ser o mar –
Sereias só de ouvir, não ver e achar?

Quem, atrás de intérminos oceanos,
Vos chamou à distância, como quem
Soubesse que há nos corações humanos
Não só uma ânsia natural do bem,
Mas, mais vaga, mais subtil também,
Uma coisa que quer o som do mar
E o estar longe de tudo e não parar.

Se assim é, e se vós e o mar imenso
Sois qualquer coisa, vós por o sentir
E o mar por o ser, disto que penso;
Se no fundo ignorado do existir
Há mais alma que a que pode vir
À tona vã de nós, como à do mar,
Fazei-me livre, enfim de o ignorar.

Dai-me uma alma transposta de argonauta,
Fazei que eu tenha, como o capitão
Ou o contramestre, ouvidos para a flauta
Que chama ao largo o nosso coração,
Fazei-me ouvir, como a um perdão,
Numa reminiscência de ensinar,
O antigo português da voz do mar!

9. 6. 1935

Kapitäne, Steuermänner – all ihr Seeleute
Der flüchtigen Entdeckung eines jeden Tages –,
Hat sie euch nie gerufen mit ihren ungekannten Flöten,
Die geheimnisvolle und nicht mögliche Melodie,
Habt ihr nie etwas Meerhaftes,
Das kein Meer war, wahrgenommen mit dem Ohr –
Sirenen –, mit dem Ohr nur und nicht mit dem Auge?

Ein Wesen, das jenseits unendlicher Ozeane
Von fern euch rief, wie jemand,
Der weiß, daß den Herzen der Menschen nicht nur
Eine natürliche Sehnsucht nach Wohl innewohnt,
Sondern auch, vager, subtiler,
Etwas, das des Meeres Rauschen will,
Das Fernsein von allem und das Fortwährende.

Wenn dies so ist und ihr und das unermeßliche Meer
Etwas seid von dem, was ich denke,
Ihr, weil ihr es wahrnehmt, und das Meer, weil es dies ist;
Wenn im unbekannten Grund des Seins
Mehr Seele ist als jene, die an unsere trügerische
Oberfläche kommen kann und an die des Meeres,
Dann macht, daß ich frei bin, endlich, es nicht zu sehen.

Gebt mir die Seele eines Argonauten,
Auf daß ich, gleich dem Kapitän
Oder Steuermann, Ohren habe für die Flöte,
Die unser Herz ruft in der Ferne,
Gebt, daß ich, einer Gnade gleich,
Gelehrt durch die Erinnerung,
Das alte Portugiesisch in des Meeres Stimme höre!

Começa a ir ser dia.
O céu negro começa,
Numa menor negrura
Da sua noite escura,
A ter uma cor fria
Onde a negrura cessa.

Um negro azul cinzento
Emerge vagamente
De onde o Oriente dorme
Seu tardo sono informe,
E há um frio sem vento
Que se ouve e mal se sente.

Mas eu, o mal-dormido,
Não sinto noite ou frio,
Nem sinto vir o dia
Da solidão vazia ...
Só sinto o indefinido
Do coração vazio.

Em vão o dia chega
A quem não dorme, a quem
Não tem que ter razão
Dentro do coração,
Que quando vive nega
E quando ama não tem.

Em vão, em vão, e o céu
Azula-se de verde
Acinzentadamente.
Que é que a minha alma sente?
Nem isto, não, nem eu,
Na noite que se perde.

23. 7. 1935 (a. m.)

Es wird Tag.
Der dunkle Himmel nimmt,
Seine Nacht
Allmählich erhellend,
Eine kalte Farbe an,
Der dieses Nachtdunkel weicht.

Dunkles Aschblau
Steigt zögerlich auf von dort,
Wo der Osten seinen späten
Ungestalten Tag schläft,
Und es ist kalt, nichts regt sich,
Man hört es, spürt es kaum.

Doch ich, der ich kaum schlafe,
Spüre weder Nacht noch Kälte,
Noch das Kommen des Tages
Aus der Leere der Einsamkeit …
Ich spüre nur das Unbestimmte
In der Leere des Herzens …

Der Tag kommt vergebens
Für den, der nicht schläft, für den,
Der nicht recht haben muß
Im Innern seines Herzens,
Denn, wenn er lebt, verneint er,
Und wenn er liebt, hat er nichts.

Vergebens, vergebens, und der Himmel
Blaut grün,
Ins Aschfarbene spielend.
Was aber spürt meine Seele?
Nicht dies, nein, noch mich,
In der sich verlierenden Nacht.

A Outra

Amamos sempre no que temos
O que não temos quando amamos.
O barco pára, largo os remos
E, um a outro, as mãos nos damos.
A quem, dou as mãos?
À Outra.

Teus beijos são de mel de boca,
São os que sempre pensei dar,
E agora a minha boca toca
A boca que eu sonhei beijar.
De quem é a boca?
Da Outra.

Os remos já caíram na água,
O barco faz o que a água quer.
Meus braços vingam minha mágoa
No abraço que enfim podem ter.
Quem abraço?
A Outra.

Bem sei, és bela, és quem desejo ...
Não deixa a vida que eu deseje
Mais que o que pode ser teu beijo
E poder ser eu que te beije.
Beijo, e em quem penso?
Na Outra.

Os remos vão perdidos já,
O barco vai não sei para onde.
Que fresco o teu sorriso está,
Ah, meu amor, e o que ele esconde!
Que é do sorriso
Da Outra?

Die Andere

Immer lieben wir an dem, was wir haben,
Das, was wir nicht haben, wenn wir lieben.
Das Boot hält an, ich lasse die Ruder sinken,
Und wir reichen einander die Hände.
Wem reiche ich die Hände?
Der Anderen.

Deine Küsse sind wie von Honiglippen,
Wie in Gedanken ich sie immer gab.
Und jetzt berührt mein Mund
Den Mund, den zu küssen ich mir erträumte.
Wem gehört dieser Mund?
Der Anderen.

Die Ruder sind ins Wasser geglitten,
Das Boot macht, was das Wasser will.
Meine Arme rächen meinen Kummer
In der Umarmung, die endlich sein kann.
Wen umfangen meine Arme?
Die Andere.

Ich weiß wohl, du bist schön, bist die, die ich begehre …
Das Leben erlaubt nicht, daß ich mehr begehre,
Als dein Kuß sein kann
Und ich derjenige, der dich küßt.
Ich küsse, und an wen denke ich?
An die Andere.

Die Ruder sind schon versunken,
Das Boot treibt, wohin, ich weiß es nicht.
Wie kühl ist doch dein Lächeln,
Ach, Liebste, und was erst verbirgt es!
Was ist mit dem Lächeln
Der Anderen?

Ah, talvez, mortos ambos nós,
Num outro rio sem lugar
Em outro barco outra vez sós
Poderemos recomeçar,
Que talvez sejas
A Outra.

Mas não, nem onde essa paisagem
É sob eterna luz eterna
Te acharei mais que alguém na viagem
Que amei com ansiedade terna
Por ser parecida
Com a Outra.

Ah, por ora, idos remo e rumo,
Dá-me as mãos, a boca, o teu ser.
Façamos desta hora um resumo
Do que não poderemos ter.
Nesta hora, a única,
Sê a Outra!

28. 7. 1935

Ach, vielleicht können tot wir beide
Auf einem anderen Fluß ohne Ort
In einem anderen Boot noch einmal
Allein erneut beginnen,
Denn dann bist vielleicht du
Die Andere.

Doch nein, nicht einmal dort, wo diese Landschaft
Ewig ist unter ewigem Licht,
Werde ich dich eher finden als eine auf Reisen,
Die ich zärtlich und sehnsuchtsvoll liebte,
Weil sie ihr ähnlich ist,
Der Anderen.

Ach, aber jetzt, ohne Ruder und Richtung,
Gib deine Hände mir, deinen Mund, dein Sein.
Erkennen wir in dieser Stunde
Was wir nicht haben können.
In dieser Stunde, der einzigen,
Sei die Andere!

O Rei

O Rei, cuja coroa de oiro é luz
Fita do alto trono os seus mesquinhos.
Ao meu Rei coroaram-n'O de espinhos
E por trono Lhe deram uma cruz.

O olhar fito do Rei a si conduz
Os olhares ansiosos e sozinhos.
Mas mais me fitam, e mortas sem carinhos,
Essas pálpebras mortas de Jesus.

O Rei fala, e um seu gesto tudo preenche,
O som da sua voz tudo transmuda.
Meu Rei morto tem mais que majestade:
Diz-me a Verdade aquela boca muda,
E essas mãos presas dão-me a Liberdade.

31. 7. 1935

Der König

Der König, dessen goldene Krone Licht ist,
Betrachtet von seinem hohen Thron aus die Kleinherzigen.
Sie krönten meinen König mit Dornen,
Und als Thron gaben sie Ihm ein Kreuz.

Der unverwandte Blick des Königs zieht
Die sehnsüchtigen und einsamen Blicke auf sich.
Unverwandter aber betrachten mich diese erloschenen
Lider Jesu, erloschen und der Liebe beraubt.

Der König spricht, und mit einer einzigen Geste umfaßt er alles,
Der bloße Klang seiner Stimme verwandelt alles.
Mein toter König besitzt mehr als Majestät:
Dieser stumme Mund sagt mir die Wahrheit,
Diese gefesselten Hände geben mir die Freiheit.

Há quanto tempo isso foi!
Nem sei se foi nesta vida …
Lembrá-lo dói
Não conseguir lembrá-lo é uma ferida …

Sim, eras tu,
Ou alguém que hoje és,
O teu pé nu
Pousava sobre um leão que era a teus pés.

Isto, está claro, nunca poderia
Ter acontecido,
Mas, se pudesse, a gente viveria
Menos aborrecido.

Ah, teu longínquo olhar!
Teus beiços do passado!
Já os não sei amar
Por nunca os ter amado.

E tudo isto, que promete
Abismos de emoção
Vem só de eu estar olhando p'ra um tapete
Que está, como tudo, no chão.

10. 8. 1935

Wie lange schon ist das her!
Ich weiß nicht einmal, ob es in diesem Leben war …
Sich daran erinnern schmerzt,
Sich nicht daran erinnern können ist eine Wunde …

Ja, du warst es,
Oder jemand, der du heute bist,
Dein nackter Fuß ruhte
Auf einem Löwen zu deinen Füßen.

Dies kann, selbstverständlich,
Nie gewesen sein,
Wäre es aber gewesen, lebten wir
Weniger in Langeweile.

Ah, dein abwesender Blick!
Deine Lippen damals!
Ich weiß nicht mehr, wie sie lieben,
Habe ich es doch nie getan.

Und all dies, das Abgründe
An Emotionen verheißt,
Kommt einzig daher, daß ich einen Teppich betrachte,
Der, wie alles, am Boden liegt.

Este nó no lenço é
Para eu me lembrar, e até
Não me esquecer de lembrar …
Tem vantagem, já se vê.
Já sei que me hei-de lembrar,
Que tenho que me lembrar,
Mas que me lembrar de quê?

18. 8. 1935

Dieser Knoten im Taschentuch ist nicht nur da,
Um mich zu erinnern, sondern sogar
Damit ich nicht vergesse, mich zu erinnern …
Was, wie man sieht, seine Vorteile hat.
Ich weiß bereits, daß ich mich erinnern werde,
Ja, daß ich mich erinnern muß,
Doch erinnern woran?

Un Soir à Lima

Vem a voz da radiofonia e dá
A notícia num arrastamento vão:
»A seguir
Un Soir à Lima« …

Cesso de sorrir …
Pára-me o coração …

E, de repente,
Essa querida e maldita melodia
Rompe do aparelho inconsciente …
Numa memória súbita e presente
Minha alma se extravia …
O grande luar da África fazia
A encosta arborizada reluzente.

A sala em nossa casa era ampla, e estava
Posta onde, até ao mar, tudo se dava
À clara escuridão do luar ingente …
Mas só eu, à janela.
Minha mãe estava ao piano
E tocava …
Exactamente
»Un Soir à Lima«.

Meu Deus, que longe, que perdido, que isso está!
Que é do seu alto porte?
Da sua voz continuamente acolhedora?
Do seu sorriso carinhoso e forte?
O que hoje há
Que mo recorda é isto que oiço agora
Un Soir à Lima.
Prossegue na radiofonia

Un Soir à Lima

Die Stimme kommt aus dem Radio und sagt
Künstlich gedehnt:
»Und jetzt
Un Soir à Lima« …

Mein Lächeln erstirbt …
Das Herz bleibt mir stehen …

Und, mit einem Mal,
Ertönt aus dem ahnungslosen Apparat
Diese geliebte vermaledeite Melodie …
In einer jäh gegenwärtigen Erinnerung
Verliert sich meine Seele …
Der grandiose Mondschein Afrikas tauchte
Den bewaldeten Hang in schimmernden Glanz.

Der Salon in unserem Haus war groß und
Lag, wo sich bis zum Meer alles dem
Hellen Dunkel des maßlosen Mondlichts hingab …
Aber nur ich, am Fenster.
Meine Mutter saß am Klavier
Und spielte …
Genau dieses
»Un Soir à Lima«.

Mein Gott, wie fern, wie verloren dies alles!
Wo ist sie geblieben, ihre vornehme Haltung?
Wo ihre stets freundliche Stimme?
Wo ihr liebevolles, unverbrüchliches Lächeln?
Was mich hier und heute
An all dies erinnert, ich höre es,
Un Soir à Lima.
Man spielt sie noch immer im Radio,

A mesma, a mesma melodia
O mesmo »Un Soir à Lima«.

Seu cabelo grisalho era tão lindo
Sob a luz
E eu que nunca julguei que ela morresse
E me deixasse entregue a quem eu sou!
Morreu, mas eu sou sempre o seu menino.
Ninguém é homem para a sua mãe!

E inda através de lágrimas não falha
À memória que tenho
O recorte perfeito da medalha
Daquele perfeitíssimo perfil.
Chora, ao lembrar-te, mãe, romana e já grisalha,
Meu coração sempre infantil.
Vejo teus dedos no teclado e há
Luar lá fora eternamente em mim.
Tocas em meu coração, sem fim,
Un Soir à Lima.

O silêncio fatal das coisas findas
As tuas mãos pequenas e tão lindas
Com escrúpulo risonho e familiar
Com um sorriso em que não há
Nada senão o eternamente humano
Tiravas da quietude do piano
Un Soir à Lima.

Tinhas, perfil, um rosto de medalha
Eras de frente, e olhando, a minha mãe
Como hoje o teu olhar me falha
E o teu perfil me lembra bem.

Dieselbe, dieselbe Melodie,
Dieses selbe »Un Soir à Lima«.

Ihr graumeliertes Haar war so schön
Im Licht,
Und ich, der ich nie dachte, daß sie sterben könnte
Und mich dem überlassen, der ich bin!
Sie ist gestorben, aber noch immer bin ich ihr Kind.
Niemand ist ein Mann für seine Mutter!

Und selbst durch Tränen hindurch
Bewahrt meine Erinnerung
Den perfekten Schnitt auf der Münze
Jenes noch perfekteren Profils.
Mein für immer kindliches Herz weint,
Wenn ich mich deiner entsinne, Mutter, Römerin und schon ergrauend.
Ich sehe deine Finger auf den Tasten und
Das Mondlicht draußen scheint ewig in mir.
In meinem Herzen spielst du, ohne Unterlaß,
Un Soir à Lima.

Das fatale Schweigen der gewesenen Dinge,
Deine kleinen, so hübschen Hände
Hingebungsvoll, heiter und vertraut
Mit einem Lächeln, in dem nichts anderes liegt
Als das ewig Menschliche,
Holtest du aus der Stille des Klaviers
Un Soir à Lima.

Du hattest, im Profil, ein Münzengesicht,
Warst, mir zugewandt, meine Mutter,
Wie entschwunden ist mir heute dein Blick
Und wie gegenwärtig dein Profil.

»Os pequenos dormiram logo?«
»Ora, dormiram logo«.
»Esta está quasi a dormir«
E tu, sorrindo e respondendo continuavas
O que tocavas –
Atentamente tocavas –
Un Soir à Lima.

Tudo que fui quando não era nada,
Tudo que amei e sei só eu verdade
Que o amei por não ter hoje estrada,
Que tenha qualquer realidade.
Por não ter dele mais que a saudade –
Tudo isso vive em mim
Por luzes, música e a visão
Que não tem fim
Dessa hora eterna no meu coração,
Em que voltavas
A folha irreal da música a tocar
E eu te ouvia e via
Continuar
A eterna melodia
Que está
No fundo eterno desta nostalgia
De quando, mãe, tocavas
Un Soir à Lima.

E o aparelho indiferente
Traz da emissora inconsciente
Un Soir à Lima.

Eu não sabia então que era feliz.
Hoje, que o já não sou, sei bem que o era.

»Sind die Kleinen gleich eingeschlafen?«
»Ja, sind sie.«
»Und dieser hier fallen fast die Augen zu.«
Und während du lächelnd sprachst,
Spieltest du weiter -
Spieltest hingebungsvoll –
Un Soir à Lima.

Alles, was ich war, als ich nichts war,
Alles, was ich liebte und das ich, wie ich eigentlich
Erst heute weiß, geliebt habe, weil es heute nicht
Im entferntesten einen Weg der Wirklichkeit gibt.
Heute, da ich mich nur noch nach dem sehne, was war –
Lebt all dies in mir
Durch Lichter, Musik und
Das immerwährende Bild
Dieser unvergänglichen Stunde in meinem Herzen,
In der du das unwirkliche Blatt
Der Musik umdrehtest,
Und ich hörte und sah dich
Die unvergängliche Melodie
Weiterspielen,
Die fortlebt auf dem ewigen Grund
Dieser Sehnsucht nach damals,
Als du, Mutter, spieltest
Un Soir à Lima.

Und der gleichgültige Apparat
Überträgt aus dem ahnungslosen Sender
Un Soir à Lima.

Damals wußte ich nicht, daß ich glücklich war.
Heute, da ich es nicht mehr bin, weiß ich es wohl.

»Esta também está a dormir ...«
»Não está«.
Ficámos todos a sorrir
E eu distraidamente vou
Continuando a ouvir,
Longe do luar que há
E que lá fora existe duro e só,
O que me faz sonhar sem o sentir,
O que hoje faz que tenha de mim dó
Esse canto sem voz, teclado e brando
Que minha mãe estava tocando –
Un Soir à Lima.

Não ter aqui numa gaveta,
Não ter aqui numa algibeira,

Fechada, haurida, completa,
Essa cena inteira!
Não poder arrancar
Do espaço, do tempo, da vida
E isolar
Num lugar
Da alma onde ficasse possuída
Eternamente
Viva, quente,
Essa sala, essa hora,
Toda a família e a paz e a música que há
Mas real como ali está

Ainda, agora,
Quando, mãe, mãe, tocavas
Un Soir à Lima.

»Die da schläft auch …«
»Nein, tut sie nicht.«
Wir alle lächelten
Und zerstreut lausche ich,
Fern dem Mond,
Der draußen kalt und einsam steht,
Weiter dem,
Was mich unmerklich träumen läßt,
Was mich heute Mitleid mit mir haben läßt,
Diesem Lied ohne Stimme, weicher Tastenklang nur,
Das meine Mutter spielte –
Un Soir à Lima.

Könnte ich doch diese ganze Szene
Hier, überschaubar und vollständig,

In einer Schublade verwahren,
In einer meiner Taschen!
Könnte ich doch
Dem Raum, der Zeit, dem Leben
Diesen Salon entreißen, diese Stunde,
Die gesamte Familie, den Frieden und die Musik,
Und all dies an einem Ort
Der Seele isolieren, wo es
Für immer
Mein wäre,
Lebendig und warm,
Aber so wirklich, wie es dort

Noch ist, jetzt,
Als du, Mutter, Mutter, spieltest
Un Soir à Lima.

Mãe, mãe, fui teu menino
Tão bem dobrado
Na sua educação
E hoje sou o trapo que o Destino
Fez enrolado e atirado
Para um canto do chão.

Jazo, mesquinho,
Mas ao meu coração
Sobe, num torvelinho
A memória de quanto ouvi do que há
No que há de carícia, de lar, de ninho,
Ao relembrar o ouvi, hoje, meu Deus, sozinho,
Un Soir à Lima.

Onde é que a hora, e o lar e o amar está
Quando, mãe, mãe, tocavas
Un Soir à Lima?

E num recanto de cadeira grande
Minha irmã,
Pequena e encolhidinha
Não sabe se dorme se não.

Eu tenho sido tanta coisa vil!
Tenho traído tanto do que sou!
Meu espírito sedento
De raciocinador subtil
Quantas vezes prolixamente errou!
Quantas vezes até o pensamento
Inanimadamente me enganou!

Mutter, Mutter, ich war dein Junge,
So artig und gut
Erzogen,
Und heute bin ich ein Lumpen, vom Schicksal
Zusammengeknäult, und in einer Ecke
Auf den Boden geworfen.

Dort lieg ich, ein Nichts,
Die Erinnerung aber an all das, was ich hörte und was ich kannte
An Zärtlichkeit, Heim und Geborgenheit,
Steigt in meinem Herzen
In einem Wirbel auf,
Und mich heute erinnernd, hörte ich, mein Gott, ganz allein,
Un Soir à Lima.

Wo ist die Stunde, wo das Heim, wo die Liebe,
Als du, Mutter, Mutter, spieltest
Un Soir à Lima?

Und in einen Sessel geschmiegt
Weiß meine Schwester,
Klein und schüchtern,
Nicht, ob sie schläft oder nicht.

Ich bin so viel Nichtswürdiges gewesen!
Habe so viel verraten von dem, was ich bin!
Mein durstiger Geist
Eines subtilen Grüblers,
Wie oft hat er weidlich geirrt!
Wie oft hat selbst das Denken[36]
Mich feige betrogen!

Já que não tenho lar,
Deixa-me estar
Nesta visão
De então,
Deixa-me ouvir, ouvir, ouvir –
Eu à janela
Do nunca mais deixar de sentir,
Nessa sala, a nossa sala, quente
Da África ampla onde o luar está
Lá fora vasto e indiferente
Nem mal nem bem
E onde, no meu coração
Mãe, mãe
Tocas visivelmente,
Tocas eternamente
Un Soir à Lima.

A minha raiva de animal humano
A quem tiraram a mãe,
E não tem
Para o menino que lhe na alma há,
Para lhe encher o coração,
Mais que esta visão –
As tuas mãos pequenas pelo piano
Quando, oh meu Deus, tocavas
Un Soir à Lima.

Ai, mas é engano.
Aqui sou velho
Não há sala nem há piano
Nem tu existes a tocar.
Há um aparelho mudo
De onde um som vem de longe, e dói.
Como é que eu te darei um beijo agora?

Da ich kein Heim habe,
Laß mich verweilen
In diesem Bild
Von damals,
Laß mich lauschen, lauschen, lauschen –
Ich am Fenster,
An dem ich nie mehr aufhöre zu fühlen,
In diesem Salon, unserem warmen Salon
Dieses weiten Afrikas, wo der Mondschein
Draußen grenzenlos ist und gleichgültig,
Weder gut noch böse,
Und wo du, Mutter, Mutter,
In meinem Herzen
Sichtbar bist und
Für alle Zeit spielst
Un Soir à Lima.

Mein Zorn eines Menschentiers,
Dem man seine Mutter nahm,
Und die nichts anderes hat
Für den Jungen in ihrer Seele,
Um ihm das Herz zu wärmen,
Als dieses Bild –
Deine kleinen Hände auf dem Klavier,
Als du, mein Gott, spieltest
Un Soir à Lima.

Ach, aber ach, ein Irrtum.
Hier bin ich alt,
Hier ist kein Salon und kein Klavier
Und du bist nicht da und spielst.
Ein stummer Apparat nur,
Aus dem von fern ein Klang kommt, und schmerzt.
Wie sollte ich dir einen Kuß geben jetzt?

Eu poderia, vindo da janela,
Como tantas vezes fiz
□

O raciocinador exacto.
Cuja alma está em mil pedaços,
Em mil pedaços que nem há …
Deixa-me dormir
E sonhar de estar vendo, a ouvir,
Un Soir à Lima.

E era nesta calma,
Nesta felicidade
Em que existia uma alma
(Meu Deus, que saudade!),
Que, sob a luz que dourava,
(Hoje onde é que isso está?)
Longe de onde o luar prateava,
Minha mãe tocava
Medalha atenta e humana ao piano,
Un Soir à Lima.

Desde então
Tenho atravessado
Muitas vidas.
As mais das vezes tenho errado.
Meu coração
Pesa de coisas esquecidas.
Desde quando
Nesse brando
Conforto do meu lar extinto
Eu, á janela, ouvia, hirto e sonhando,
Ermo e indistinto,
O que há
Em toda a música de intuição e instinto,

Ich könnte es, käme ich vom Fenster,
Wie ich es so oft tat
□

Der präzise Grübler,
Dessen Seele in tausend Stücke zerbrochen ist,
In tausend Stücke, die es nicht einmal gibt …
Laß mich schlafen
Und träumen, daß ich sehend höre
Un Soir à Lima.

Und in dieser Wärme war's,
In diesem Glück,
In dem eine Seele lebte
(Mein Gott, welche Sehnsucht!),
Daß im Licht, das vergoldete,
(Wo gibt es dies heute?)
Fern vom Mondschein, der versilberte,
Meine Mutter, aufmerksame
Menschliche Münze am Klavier, spielte
Un Soir à Lima.

Seither habe ich
Viele Leben
Durchlaufen.
Meist auf Irrwegen.
Mein Herz wiegt
Schwer von Vergessenem.
Seit wann
In dieser warmen
Behaglichkeit meines ausgelöschten Heims
Hörte ich, am Fenster, reglos, träumend,
Einsam und dunkel,
Was es gibt
In jeder Musik an Intuition und Instinkt,

Quanto tenho deixado morrer
Dentro do que quis ser,
Quanto tenho deixado
Só pensado,
Quanto, quanto,
Tem sido para mim somente sonho,
Somente o encanto,
Tristemente risonho
De o ter sonhado,
Quem sabe se a saudade
Transmutada num devaneio meio humano
De quanto nessa noite está,
Longínqua, em que, mamã, ao piano
Tocavas, sob a crua claridade,
Un Soir à Lima.

Pesa-me o coração. Um torpor denso
Ocupa-me a consciência de □
E um frio informe, desolado e denso
Não me deixa pensar.

Num baloiçar-me, num embalar
Relembro tudo, relembro em vão.
Meu Deus, isso tudo onde está?
Un Soir à Lima …
Quebra-te coração! …

Meu padrasto
(Que homem! que alma! que coração!)
Reclinava o seu corpo basto
De atleta sossegado e são
Na poltrona maior
E ouvia, fumando e cismando,
E o seu olhar azul não tinha cor.
E minha mãe, criança,

Was alles ich habe sterben lassen
In dem, der ich sein wollte,
Was alles ich nicht getan habe
Und nur gedacht,
Was alles, was alles
Für mich nur Traum war,
Heiter trauriges
Entzücken nur,
Es geträumt zu haben,
Wer weiß, ob die Sehnsucht nicht
Zu einer nahezu menschlichen Träumerei geworden ist
Über all das, was ist in dieser fernen
Nacht, Mama, in der du, am Klavier
In der gleißenden Helle spieltest
Un Soir à Lima.

Das Herz ist mir schwer. Eine bleierne Benommenheit
Trübt mein □ Bewußtsein,
Und eine ungestalte Kälte, undurchdringlich und trostlos,
Hindert mich am Denken.

Mich schaukelnd, mich wiegend
Erinnere ich alles, erinnere vergebens.
Mein Gott, dies alles, wo ist es geblieben?
Un Soir à Lima …
Brich, Herz, brich! …

Mein Stiefvater
(Welch ein Mann! Welch eine Seele! Welch ein Herz!)
Lehnte sich mit seinem stämmigen Leib
Eines ruhigen, robusten Athleten
In den größten Sessel zurück
Und lauschte rauchend und sinnend,
Und sein blauer Blick war farblos.
Und meine Mutter, ein kleines Mädchen,

No recanto da sua poltrona
Enrolada, ouvia a dormir
E a sorrir
Que estava alguém tocando
Se calhar uma dança …

E eu, de pé, ante a janela
Via todo o luar de toda a África inundar
A paisagem e o meu sonhar.

Onde tudo isso está!
Un Soir à Lima,
Quebra-te, coração!

Essa mão pequenina e branca,
Que nunca mais me afagará,
□
Sorrias, rindo, para mim
Esse sorrir que já teve fim,
E continuavas tocando
Un Soir à Lima.

E eu que nunca julguei que tu morresses
E me deixasses só com o que eu sou …

E é uma emissora indiferente
Que por um aparelho inconsciente
Em música, só, música, me dá
A angústia viva que me vem
De te ver, por me lembrar,
Minha mãe, minha mãe,
Tão tranquila, tocar
Un Soir à Lima.

In eine Ecke ihres Sessel
Geschmiegt, hörte schlafend
Und lächelnd,
Daß jemand vielleicht
Einen Tanz spielte …

Und ich, der ich am Fenster stand,
Sah das ganze Mondlicht ganz Afrikas
Die Landschaft überfluten und mein Träumen.

Wo ist all dies geblieben!
Un Soir à Lima,
Brich, Herz, brich!

Diese winzige weiße Hand,
Die mich nie mehr liebkosen wird,
□
Du lächeltest, lachend, mir zu
Dieses Lächeln, dieses schon erloschene Lächeln,
Und spieltest weiter
Un Soir à Lima.

Und ich, der ich nie dachte, du könntest sterben
Und mich allein lassen mit dem, was ich bin …

Und es ist dieser gleichgültige Sender,
Der mittels eines ahnungslosen Apparats
Durch Musik, Musik nur, jene heftige
Beklemmung in mir auslöst, die mich überkommt,
Wenn die Erinnerung dich mir vor Augen führt,
Mutter, meine Mutter,
Wie du so ruhig spieltest
Un Soir à Lima.

Mas entorpeço.
Não sei se vejo, se adormeço,
Se sou quem fui,
Não sei se lembro, nem se esqueço.
Há qualquer cousa que indistinta flui
Entre quem sou e o que eu era
E é como um rio, ou uma brisa, ou um sonhar,
Qualquer cousa que não se espera,
Que se suspende de repente
E, do fundo aonde ir acabar,
Surge, cada vez mais distintamente,
Num halo de suavidade
E nostalgia,
Onde o meu coração ainda está,
Um piano, uma presença, uma saudade …
Durmo encostado a essa melodia –
E oiço que minha Mãe toca,
Oiço, já com o sal das lágrimas na boca,
Un Soir à Lima.

O véu das lágrimas não cega.
Vejo, a chorar,
O que essa música me entrega –
A mãe que eu tinha, o antigo lar,
A criança que fui,
O horror do tempo porque flui,
O horror da vida, porque é só matar.
Vejo, e adormeço
Num torpor em que me esqueço
Que existo ainda neste mundo que há …
Estou vendo minha mãe tocar.
E essas mãos brancas e pequenas,
Cuja carícia nunca mais me afagará,
Tocam ao piano, cuidadosas e serenas,
Un Soir à Lima.

Doch ich bin benommen.
Ich weiß nicht, ob ich sehe, ob ich schlafe,
Ob ich bin, wer ich war,
Ich weiß nicht, ob ich erinnere noch ob ich vergesse.
Da ist etwas, das undeutlich fließt
Zwischen dem, der ich bin, und dem, was ich war,
Es ist wie ein Fluß, eine Brise oder ein Träumen,
Etwas Unerwartetes,
Das jäh aussetzt,
Und aus der Tiefe, in der es scheinbar endete,
Steigt, zunehmend deutlich,
In einer Aureole aus Sanftheit
Und nostalgischem Verlangen,
In dem mein Herz noch verharrt,
Ein Klavier auf, eine Gestalt, eine Sehnsucht …
Ich schlafe in diese Melodie gelehnt –
Und höre meiner Mutter Spiel,
Höre, schon mit dem Salz der Tränen im Mund,
Un Soir à Lima.

Der Tränenschleier blendet nicht.
Weinend sehe ich,
Was diese Musik mir wiederbringt –
Die Mutter, die ich hatte, das Heim von einst,
Das Kind, das ich war,
Die Angst vor der Zeit, weil sie fließt,
Die Angst vor dem Leben, weil es nur tötet.
Ich sehe und sinke in Schlaf,
Und benommen vergesse ich,
Daß ich noch da bin auf dieser Welt …
Ich sehe meine Mutter spielen.
Diese kleinen weißen Hände,
Deren Liebkosung mir nie mehr zuteil wird,
Spielen auf dem Klavier, hingebungsvoll und heiter,
Un Soir à Lima.

Ah, vejo tudo claro!
Estou outra vez ali.
Afasto do luar externo e raro
Os olhos com que o vi.

Mas quê? Divago, e a música acabou …
Divago como sempre divaguei
Sem ter na alma certeza de quem sou,
Nem verdadeira fé ou firme lei.

Divago, crio eternidades minhas
Num ópio de memória e de abandono.
Entronizo fantásticas rainhas
Sem para elas ter um trono.

Sonho porque me banho
No rio irreal da música evocada.
Minha alma é uma criança esfarrapada
Que dorme num recanto obscuro.
De meu só tenho,
Na realidade certa e acordada,
Os trapos da minha alma abandonada
E a cabeça que sonha contra o muro.

Mas, mãe, não haverá
Um Deus que me não torne tudo vão,
Um outro mundo em que isso agora está?
Divago ainda: tudo é ilusão.
Un Soir à Lima …

Quebra-te, coração …

17. 9. 1935

Ah, ich sehe alles ganz deutlich!
Bin von neuem dort!
Wende meine Augen ab von dem spärlichen Mondschein draußen,
Meine Augen, mit denen ich es gesehen habe.

Doch was? Ich phantasiere, und die Musik ist verstummt …
Ich phantasiere, wie ich immer phantasiert habe,
Ohne innere Gewißheit, wer ich bin,
Ohne wahren Glauben, ohne feste Bestimmung.

Ich phantasiere, erfinde mir meine eigenen Ewigkeiten
Mit einem Opium aus Erinnerung und Verlassenheit.
Ich inthronisiere Phantasieköniginnen
Und habe doch keinen Thron für sie.

Ich träume, weil ich mich in dem
Unwirklichen Fluß der erinnerten Musik bade.
Meine Seele ist ein zerlumptes Kind,
Das in einem dunklen Winkel schläft.
Von mir habe ich in
Der wahren, wachen Wirklichkeit nur
Die Fetzen meiner verlassenen Seele
Und den Kopf, der an der Mauer träumt.

Ach, Mutter, gibt es nicht
Irgendeinen Gott, der mir nicht alles zunichte macht,
Eine andere Welt, in der all dies weiterlebt?
Ich phantasiere noch immer: Alles ist Illusion.
Un Soir à Lima …

Brich, Herz, brich …

Pedrouços

Quando eu era pequeno não sabia
Que cresceria.
Pelo menos não o sentia.

Naquela idade o tempo não existe.
Cada dia é a mesma mesa
Com o mesmo quintal ao fundo;
E quando se sente tristeza
Está tristeza, mas não se está triste.

Eu era assim
E todas as crianças deste mundo
Assim foram antes de mim.

O quintal grande estava dividido
Por uma frágil grade, alta, de tiras
Cruzadas, de madeirinha,
Em horta e jardim.

Meu coração anda esquecido,
Mas não minha visão. De ela não tires
Tempo, esse quadro onde o feliz que eu fui
Dá-me uma felicidade ainda minha!

Inútil o teu frio curso flui
Para quem das lembranças se acarinha.

22. 10. 1935

Pedrouços

Als ich klein war, wußte ich nicht,
Daß ich größer werden würde.
Zumindest fühlte ich es nicht.

In diesem Alter zählt die Zeit nicht.
Jeder Tag ist derselbe Tisch
Mit demselben Garten hinter dem Haus;
Und Traurigkeit, verspürt man sie,
Ist Traurigkeit, traurig aber ist man nicht.

So war ich
Und so waren vor mir
Alle Kinder dieser Welt.

Ein schwacher Zaun, hoch und aus
Gekreuzten hölzernen Latten,
Teilte den großen Garten hinter dem Haus
In einen Gemüse- und einen Blumengarten.

Mein Herz ist vergeßlich geworden,
Nicht aber mein Blick. Nimm, Zeit, ihm nicht
Dieses Bild, auf dem der Glückliche, der ich war,
Mir ein Glück schenkt, das noch immer mein ist!

Nichts anhaben kann dein kalter Fluß dem,
Der sich wärmt an der Erinnerung.

Porque esqueci quem fui quando criança?
Porque deslembro que então era eu?
Porque não há nenhuma semelhança
Entre quem sou e fui?
A criança que fui vive ou morreu?
Sou outro? Veio um outro em mim viver?
A vida, que em mim flui, por que é que flui?
Houve em mim várias almas sucessivas,
Independentes, vivas?
Ou sou um só inconsciente ser?

Ser consciente é talvez um esquecimento.
Talvez pensar um sonho seja, ou um sono.
Talvez dormir seja, um momento,
Voltar o 'spírito nosso a ser sem dono;
Talvez que, ao despertar, adormeçamos,
Tudo é talvez
Seu próprio invés,
E o contrário de tudo o que pensamos.

Quem me diz que o rochedo bruto e quedo
Não é o verdadeiro consciente –
O êxtase perene de uma mente
Que deixa o corpo hirto ser rochedo?

Talvez tudo isto que é orgulho nosso –
O discurso, □ a razão
Essa flor □ a imaginação
E a intuição, tenuíssimo colosso,
Desvios, sonos, ilusões não são?

Só a morte o diz – mas quem me diz que o diz?

Warum habe ich vergessen, wer ich war als Kind?
Warum weiß ich nicht mehr, daß ich damals ich war?
Warum besteht nicht die geringste Ähnlichkeit
Zwischen dem, der ich bin, und dem, der ich war?
Das Kind, das ich war, lebt es oder ist es tot?
Bin ich ein anderer? Ist ein anderer gekommen, in mir zu leben?
Das Leben, das in mir fließt, wo hindurch fließt es?
Hatte ich mehrere aufeinanderfolgende Seelen in mir,
Unabhängige, lebendige?
Oder bin ich ein einziges unbewußtes Wesen?

Sich bewußt sein ist vielleicht ein Vergessen.
Denken vielleicht ein Traum, oder ein Schlaf.
Und Schlafen vielleicht ein Augenblick,
In dem unser Geist wieder Herr seiner selbst wird.
Vielleicht schlafen wir aufwachend ein,
Alles ist vielleicht
Seine eigene Kehrseite
Und das Gegenteil von allem, was wir denken.

Wer sagt mir, daß der unbehauene, stumme Fels
Nicht die wahre Bewußtheit ist –
Die fortwährende Ekstase eines Geistes,
Der den starren Körper Fels werden läßt?

Vielleicht ist all dies, auf das wir stolz sind –
Das diskursive Denken, □ der Verstand
Diese Blume □ die Imagination
Und die Intuition, dieser überaus zarte Koloß –
Nichts als Irrtum, Schlaf, Illusion?

Einzig der Tod sagt es – wer aber sagt mir, daß er es sagt?

Conselho

Cerca de grandes muros quem te sonhas.
Depois, onde é visível o jardim
Através do portão de grade dada,
Põe quantas flores são as mais risonhas,
Para que te conheçam só assim.
Onde ninguém o vir não ponhas nada.
....
Faze canteiros como os que outros têm,
Onde os olhares possam entrever
O teu jardim como lho vais mostrar.
Mas onde és teu, e nunca o vê ninguém,
Deixa as flores que vêm do chão crescer
E deixa as ervas naturais medrar.

Faze de ti um duplo ser guardado;
E que ninguém, que veja e fite, possa
Saber mais que um jardim de quem tu és –
Um jardim ostensivo e reservado,
Por trás do qual a flor nativa roça
A erva tão pobre que nem tu a vês ...

Novembro de 1935

Rat

Umgib den, in den du dich träumst, mit hohen Mauern.
Dann pflanze, wo immer dein Garten einsehbar ist
Durch die eisernen Stäbe des Tors,
Nur die heitersten Blumen,
Damit man dich nur als heiter kennt.
Wo aber niemand den Garten sieht, da pflanze nichts.
....
Leg Beete an, wie die anderen sie haben,
Wo die flüchtigen Blicke deinen Garten
Sehen können, wie du ihn zeigst.
Doch wo er ganz dein ist und niemand ihn je sieht,
Da laß wilde Blumen wachsen
Und die Gräser laß ungehindert sprießen.

Aus dir mach ein gut gehütetes doppeltes Wesen;
Damit niemand, der neugierig schaut, mehr sieht
Als den Garten von dem, der du bist –
Ein gut sichtbarer Garten, dir vorbehalten,
Hinter dem die heimische Flora anwächst gegen
Das Gras, so armselig, daß selbst du es nicht siehst …

November 1935

Há doenças piores que as doenças,
Há dores que não doem, nem na alma,
Mas que são dolorosas mais que as outras.
Há angústias sonhadas mais reais
Que as que a vida nos traz, há sensações
Sentidas só com o imaginá-las
Que são mais nossas do que a nossa vida.
Há tanta cousa que, sem existir,
Existe, existe demoradamente,
E demoradamente é nossa, é nós …
Por sobre o verdor turvo do amplo rio
Os circunflexos brancos das gaivotas …
Por sobre a alma o adejar inútil
Do que não foi, nem pôde ser, e é tudo.

Dá-me mais vinho, porque a vida é nada.

19. 11. 1935

Es gibt Krankheiten, schlimmer als jede Krankheit,
Es gibt Schmerzen, die nicht schmerzen, selbst in der Seele nicht,
Und doch schmerzhafter sind als alle anderen.
Es gibt geträumte Ängste, die wirklicher sind
Als die Ängste, die das Leben mit sich bringt, es gibt Empfindungen,
Empfunden einzig in der Vorstellung
Und doch uns eigener als unser Leben.
Es gibt so vieles, das, ohne zu existieren,
Existiert, dauerhaft existiert,
Und dauerhaft unser ist, wir selbst …
Über dem trüben Grün des uferlosen Flusses
Die weißen Zirkumflexe der Möwen …
Über der Seele das unnütze Flattern
Dessen, was nie war noch sein kann, und alles ist.

Gib mehr Wein mir, denn das Leben ist nichts.

19. 11. 1935[37]

Anhang

Anmerkungen

1 Variante: In der ich fühle, daß ich träume, was ich fühle zu sein.
2 Variante: dem Absurden
3 Variante: steht
4 A.d.Ü.: Henri-Frédéric Amiel (1821–1881), im Portugal der 20er Jahre vielgelesener Schweizer Schriftsteller und Philosoph, seine posthum veröffentlichten Tagebücher zeichnen sich durch schonungslose Selbstanalyse aus. Siehe auch *Buch der Unruhe,* Textfragmente 72, 119, 340, 475, und den Text *Selbstanalyse.*
5 Variante: beseelter/lebhafter
6 Variante: nicht zurückkommen ...
7 Variante: Dann Vorsicht, ich glaub sie!
8 Variante: das dem Leben endlich geglückte Filigran.
9 Variante: im Abend gegenüber
10 Variante: Ein altes Lied
11 Variante: hat man mir hier gebracht?
12 Variante: an diesem traurigen Abend.
13 Variante: Wofür
14 Variante: Das Nichts von Allem ist das Sein
15 Variante: Die Mutter Kirche
16 Variante: Fleck
17 Variante: Er brachte mir mein Sein und nahm es mir.
18 Variante: Sonne
19 A.d.Ü.: Dom Sebastião, König von Portugal, 1578 im Alter von 24 Jahren in der Schlacht von Ksar-el-Kebir (Marokko) verschollen. Mit wenig Sinn für politische Realitäten und entgegen allen Ratschlägen unternahm er einen Kreuzzug gegen den Islam. Durch seinen Tod verlor Portugal für 60 Jahre seine Unabhängigkeit an die spanische Krone. Gleichwohl entstand als Folge des portugiesischen Unabhängigkeitsstrebens der Sebastianismus; der Glaube an die Rückkehr des im Schlachtennebel als verschollen angesehenen Königs (sein Leichnam wurde nie gefunden) hält bis heute als Mythos an. Pessoa schrieb dazu im *Buch der Unruhe* unter den Textfragmenten *Weitere »Gedanken«*: »Daß Dom Sebastião eines Tages im Nebel zurückkommt, steht im Widerspruch zur Geschichte. Die Geschichte kommt und geht im Nebel, und die größten Schlachten, von denen man erzählt, die glanzvollsten Feste, die mächtigsten Errungenschaften sind nichts als Schauspiele im Nebel, Heerscharen, die in der Ferne entschwinden und untergehen.«
20 Kleiner Tyrann: Anspielung auf den als Asketen bekannten Diktator Salazar.

21 Guinea-Bissau: westafrikanischer Staat, von 1879–1974 portugiesische Kolonie.

22 Limoeiro: Gefängnis in Lissabon

23 A.d.Ü.: Der Neue Staat (Estado Novo): 1933 von Salazar ins Leben gerufene autokratische Diktatur, die mit ihren Direktiven versuchte, Intellektuelle und Künstler gleichzuschalten. Aus Protest gegen Salazars kulturpolitische Haltung weigerte sich Pessoa gegen Ende seines Lebens immer vehementer zu publizieren. In einem Brief an seinen Freund Adolfo Casais Monteiro schreibt er am 30. 10. 1935, einen Monat vor seinem Tod: »Seit Salazars Rede anläßlich einer Preisverleihung im Sekretariat für Nationale Propaganda haben wir alle, die wir schreiben, begriffen, daß die restriktive Vorschrift der Zensur ›dieses oder jenes darf man nicht sagen‹ durch die sowjetische Regel der Macht ›dieses oder jenes soll man sagen‹ ersetzt worden ist. Mit anderen Worten: Alles, was wir schreiben, darf sich nicht nur nicht den (mir ihrer Natur nach unbekannten) Prinzipien des Neuen Staates (dessen Definition ich nicht kenne) widersetzen, sondern muß sich auch den Direktiven derer unterordnen, die besagten Neuen Staat führen. Dies heißt, nehme ich an, daß man sich legitimerweise in Portugal nicht mehr literarisch äußern darf, ohne in irgendeiner Form auf den ausgeglichenen Staatshaushalt, die korporative Zusammensetzung (von der ich ebensowenig weiß, was sie bedeutet) der portugiesischen Gesellschaft und anderer Verzahnungen dieser Art Bezug zu nehmen.« (Fernando Pessoa: Correspondência 1923–1935, Assírio & Alvim, Lisboa 1999)

24 A.d.Ü.: Die doppelte Bedeutung des Wortes *calado* ist nicht ins Deutsche zu übertragen. Es heißt neben »Tiefgang« auch soviel wie »still, verschwiegen, schweigsam«. Pessoa spielt mit *calado* auch auf die Zensur in Salazars Neuem Staat an, die die Menschen zum Schweigen brachte.

25 A.d.Ü.: Nationalunion, unter Salazar einzige zugelassene Partei.

26 A.d.Ü.: Gemeint ist das Nationaltheater Dona Maria II, an seiner Stelle befand sich früher der Palácio dos Estaus, der ab 1536 Sitz der Inquisition war.

27 Variante: Torheit

28 A.d.Ü.: Dieses Gedicht wurde 1974, kurz nach der Nelkenrevolution, zum ersten Mal in Portugal veröffentlicht.

29 A.d.Ü.: Praça da Figueira (Platz des Feigenbaums), einer der drei wichtigsten Plätze in der Lissabonner Unterstadt. Zu Pessoas Lebzeiten beherbergte er eine riesige Markthalle und war Zentrum der Feierlichkeiten zu den drei Volksheiligen Antonius, Johannes und Petrus.

30 A.d.Ü.: Heiliger Antonius: Schutzpatron von Lissabon. Gedenktag ist der 13. Juni, der Geburtstag Fernando Pessoas.

31 A.d.Ü.: Zum Johannisfest am 24. Juni und zum Fest des Heiligen Antonius, am 13. Juni schenkt man sich in Portugal Basilikumtöpfe. Darin eine Pa-

piernelke mit einem Fähnchen, versehen mit »volkstümlichen« hinkenden Versen, sogenannten Versen »mit gebrochenem Fuß« (pé quebrado).

32 A.d.Ü.: Zum Antoniusfest defilieren die Bewohner Lissabons dicht gedrängt und die Arme voller Blumen durch die Straßen der Stadt.

33 A.d.Ü.: Fernando de Bulhões (1195 Lissabon–1231 Padua), ursprünglicher Name des Heiligen Antonius. Portugiesischer Franziskaner, Theologe und berühmter Prediger in Nordafrika und Italien.

34 A.d.Ü.: Catullo da Paixão (gestorben 1946), auch Cearense genannt, da im brasilianischen Bundesstaat Ceará geboren. Dichter der »kleinen Leute« im Nordosten Brasiliens.

35 A.d.Ü.: Die Großloge von England, 1717 gegründet, ist weltweit die erste Großloge der Freimaurer. Am 24. Juni begehen die englischen Freimaurer, im Gedenken an Johannes den Täufer, feierlich den Johannistag.

36 Variante: Gefühl

37 A.d.Ü.: Pessoa schrieb dieses Gedicht elf Tage vor seinem Tod am 30. 11. 1935.

Erläuterung der Zeichen

□	Lücke im portugiesischen Original
[?]	Zweifel der portugiesischen Herausgeber an der Lesart des Manuskripts
[Datum]	Zweifel der portugiesischen Herausgeber an dem genauen Datum
....	Vom Autor freigelassener Raum im portugiesischen Original
[.]	Unlesbares Wort

Danksagung der Übersetzerin und Herausgeberin

Ich möchte folgenden Personen für ihre Unterstützung danken: Egon Ammann, José Barreto, Steffen Dix, Hans Drawe, Adelaide Galhano, Aires Graça, Maralde Meyer-Minnemann, Dieter Schnebel, Karin von Schweder-Schreiner, Ingrid Stein-Krier und insbesondere Birgit Feld-Raetzer, deren Begleitung meiner Arbeit von unschätzbarem Wert für mich ist.

Nachwort
von
Egon Ammann

Fernando Pessoa

Der Eigentliche und der dahinter eigentliche Andere

In Erinnerung an Georg Rudolf Lind

Wenn es in der Dichtung der Welt eine *terra continens* gibt, einen Kontinent, der immer noch, immer neu und anscheinend unerschöpflich zu entdecken ist, dann steht für diesen Teil der poetischen Welt ein Name: Fernando Pessoa.

Am 13. Juni 1888 in Lissabon als Fernando António Nogeira de Seabra Pessoa geboren, wurde er nach dem Tod seines Vaters mit fünf Jahren Halbwaise. Nach der Wiederverheiratung seiner Mutter fuhr er 1896 mit ihr nach Durban, Südafrika, wo ihr Gatte als Konsul tätig war. Er besuchte in Durban die Schulen, bestand 1903 eine Prüfung für die Aufnahme ins College und auch in die University of Cape Town, wo er für seine Arbeiten sowohl in französischer wie in englischer Sprache im Rahmen seiner Schüler- und Studienarbeiten hervorragende Auszeichnungen erhielt. Doch bereits im August 1905 reiste er allein, ohne seine Familie, mit dem deutschen Dampfer *Herzog* nach Lissabon zurück, um Portugal künftig nicht mehr zu verlassen. Er schrieb sich an der Universität Lissabon für die Literaturwissenschaften ein, doch ein zielstrebig ernsthafter Student ist er nie geworden, er las vielmehr nach seinem Gusto die wichtigsten Werke der portugiesischen, der französisch- und englischsprachigen Autoren, Klassiker und Zeitgenossen, auch griechische und in Übersetzung deutsche Philosophen, bei den letzteren vor allem Max Nordau, Nietzsche und Schopenhauer. Daneben übte er sich in Gedichten, verfasste zahlreiche Aufsätze und Essays zur portugiesischen Literatur, war auch als Kritiker zu vernehmen und begann seine Tätigkeit als Fremdsprachenkorrespondent, mit welcher er seinen Lebensunterhalt bis zu seinem Tod im November 1935 verdienen sollte, für verschiedene Handelsunternehmen, die in der Baixa, der Unterstadt Lissabons, angesiedelt waren. Die intellektuelle und emotionale Prägung, die er in Durban, Südafrika, erhalten hatte, die Bindung an seine Familie, vornehmlich an seine Mutter, sollte er sein Leben lang weder verlieren noch verleugnen.

Seine Mutter hat das bekundete Interesse des Kleinkinds für das Schriftbild des Alphabets und damit auch das Schreiben klug gefördert. So soll der junge Pessoa im Alter von vier Jahren mit ersten Schreibversuchen hervorgetreten sein, wie sein Biograph Robert Bréchon zu berichten weiß. Ein erstes Protoheteronym, Chevalier de Pas, taucht bereits 1895 auf, und ab 1901 schrieb er erste, vornehmlich englischsprachige Gedichte unter dem Protoheteronym Charles Robert Anon, aus welchem mit der Zeit Alexander Search werden sollte (»C.R. Anon id est Alexander Search«, so von der Hand Pessoas notiert) und Search war sein erstes veritables Heteronym, unter welchem Namen er später die Search zugeschriebenen englischen Gedichte, *nota bene* gedruckt auf eigene Kosten, veröffentlichen sollte.

Sein allererstes Gedicht jedoch soll er im Alter von sieben Jahren, 1895, für seine Mutter verfasst haben, in portugiesischer Sprache. Wie sich zeigen wird, schreibt der junge angehende Dichter in drei Sprachen, Englisch, Französisch und Portugiesisch, doch überwiegen nach seiner Rückkehr nach Lissabon seine poetischen Aufzeichnungen, seine Prosaversuche und die kritischen Texte in seiner Muttersprache, dem Portugiesischen.

Im Jahr 1907 gab er die Universität auf. Mit dem Geld einer Erbschaft von seiner Großmutter gründete er das Unternehmen Empresa Ibis–Verlag und Druckerei, das jedoch nach kurzer Zeit bankrott machte. Er schlug in diesem Jahr mehrere interessante Angebote für Festanstellungen als Handelskorrespondent aus. Selbstbewusst und seiner Sendung sicher wollte er sich nicht binden, um ganz über seine Zeit verfügen zu können und damit für sein entstehendes dichterisches Werk ungebunden und frei zu sein.

Wenn wir dieses Leben, die frühen Jahre dieses Lebens, in denen bereits alles, wenn auch rudimentär, angelegt ist, was später so triumphal zum Ausdruck kommen sollte, richtig lesen und verstehen, so hat sich Fernando Pessoa in Erwartung seiner eigentlichen Stunde, seiner Initiation, bei all seinen damaligen literarisch-polemischen Aktivitäten, den zahlreichen poetischen, darunter auch dramatischen Texten, so etwa *O Marinheiro,* und kritischen Beiträgen in Zeitschriften wie A Águia und A Renascença, die beachtliche und zum Teil stürmische Debatten auslösten, und Einmischungen in die zeitgenössische ästhetische Diskussion, nur für diese eine Stunde bereitgehalten: Am 8. März 1914, seinem Triumph-Tag, wie er schreibt, treten mit Alberto Caeiro, wenig später mit Álvaro de Campos und noch im selben Jahr mit Ricardo Reis die drei Heteronyme auf, die den Rang ihres Schöpfers, zusammen mit ihrem Dichter, Fernando Pessoa selbst, der unermüdlich als der Eigentliche stets mit seinem eigenen Namen, wie im Wettbewerb mit seinen Heteronymen, zeitlebens eine beachtliche Anzahl von Gedichten zu Papier gebracht hat, die die Karätigkeit des Gestirns nicht nur bestätigen, sondern in den Olymp der Welt-Poesie erheben sollten. Eine dramatische, vielstimmige, an Widersprüchen reich ausgestattete Bühne ohnegleichen öffnete sich ihm, auf der sich sein anscheinend unerschöpflicher dichterischer Kontinent zur Darstellung und zur Blüte bringen sollte. Wie hatte er einst der portugiesischen Literatur prophezeit? Ein Super-Camões werde kommen, wobei er, davon gehe ich aus, bei seiner Feststellung zuerst einmal weniger an sich selbst als an das der portugiesischen *Saudade* innewohnende und seit den großen Ausfahrten ihrer Karavellen auf die Weltmeere bis dahin schlummernde Kraftfeld gedacht haben dürfte, eine Prophezeiung als patriotisches Signal zu einem Aufbruch, und dieses, dann sehr wohl, durchaus für ihn selbst.

Die Gedichte des Pessoa ipse, des Eigentlichen, die hier erstmals in dieser Breite der Auswahl aus einem Konvolut von mehr als eintausend Texten in deutschsprachiger Übersetzung versammelt sind, zeigen, wie früh der Dichter zu seinen Themata gefunden hat, die er auf der Bühne seines Kontinents, verteilt auf seine Schöpfungen Alberto Caeiro, Ricardo Reis, Álvaro de Campos und andere, nicht zuletzt ihm selbst zugedacht, im Laufe seines kurzen Lebens zu gestalten hatte. Ein bestimmender Grundton geht durch alle diese Dichtungen hindurch: die dem Dichter wohl angeborene Melancholie, die ihm verhilft, selbst im Siegen seine Niederlagen, sein Zurücktreten, seinen Verzicht zu erkennen und diese das Werk durchziehende Erkenntnis in poetische Worte zu fassen. Anrührend bisweilen die schwermütigen Verse, die die Schönheit einer konkreten Erscheinung besingen, die den Träumen des Dichters nachhängen, sie als Realitäten in poetische Welten erheben, die von ihm als gegeben da stehen und so sind und allein durch ihre dichterische Intensität zu verblüffen vermögen. Gefühle gehen über ins Denken, und ein scharfsinniger und spekulativer, die Denkfiguren zwirbelnder Verstand blitzt hie und da auf und hinterlässt im metaphorischen Paradox für die Leser nachhaltige Überraschungen und gelegentlich auch Verstörungen, die in die Fragen münden, was sagt er, was meint er, wohin zielt er, widerspricht er sich nicht? Lasst ihn sich widersprechen, darin erweist sich der phantastische Abenteurer, der Pessoa war, ein in sich gekehrter und allein aus sich heraus schaffender ›Seefahrer‹, ein veritabler Portugiese der *terra dos navegadores,* der die Welt, wie sie sich ihm bot und wie er sie für sich erdachte, in seine Arme nahm. Álvaro de Campos schreibt: »Ich gehöre der Gattung jener Portugiesen an, die nach der Entdeckung Indiens arbeitslos geworden sind.« Darin schwingt Resignation mit, die Pessoa für sich offensichtlich nicht akzeptiert hat, anders wäre das Zustandekommen seines kühnen Werks nicht zu erklären.

Pessoa ipse, der Eigentliche, der von sich geschrieben hat: »was in mir fühlt, muss immer denken«, erweist sich gerade in seinen Gedichten als ein am Denken Leidender, worin er sich von seinen Heteronymen unterscheidet und zu diesen auf der Bühne seines »dramas em gente«, seines Dramas in Menschen, wie Pessoa sein Gesamtwerk überschrieben sieht, den Kontrapunkt setzt.

Die Lyrik, die Ausdrucksform des Dichters, hat Pessoa in einer nachgelassenen Aufzeichnung, zitiert nach Georg Rudolf Lind, wie folgt umschrieben: »Der erste Grad der lyrischen Dichtung ist derjenige, in dem der Dichter sich auf sein Gefühl konzentriert und dieses Gefühl zum Ausdruck bringt. Ist er jedoch ein Wesen mit wandelbaren und mannigfaltigen Gefühlen, so wird er eine Vielzahl von Persönlichkeiten ausdrücken, die nur durch Temperament und Stil zusammengehalten wird. Einen Schritt weiter und wir haben einen Dichter vor uns, der ein Wesen mit mannigfaltigen und fiktiven Gefühlen, eher phantasie- als gefühlvoll ist und jeden seelischen Zustand mehr mit der Intelligenz als mit dem Empfindungsvermögen erlebt. Dieser Dichter wird sich wie eine Vielzahl von Persönlichkeiten aussprechen, die nicht mehr durch Temperament und Stil geeint wird, sondern allein durch den Stil; denn das Temperament ist durch die Phantasie ersetzt worden und das Gefühl durch die Intelligenz. Noch einen Schritt weiter auf dem Weg zur Entpersönlichung oder, besser gesagt, Phantasie, und wir haben den Dichter vor uns, der sich in jeden seiner verschiedenen geistigen Zustände so hineinlebt, dass er seine Persönlichkeit vollkommen aufgibt, derart, dass er, indem er jeden seelischen Zustand analytisch erlebt, aus ihm den Ausdruck einer anderen Person gewinnt; dabei wird sogar der Stil mannigfaltig. Ein letzter Schritt und wir finden den Dichter, der verschiedene Dichter zugleich ist, einen dramatischen Dichter, der Lyrik schreibt. Jede Gruppe unmerklich verwandter Seelenzustände wird dabei zur Persönlichkeit mit eigenem Stil, deren Gefühle sich von den typischen Gefühlserlebnissen des Dichters selbst unterscheiden, ja ihnen durchaus entgegengesetzt sein können. Und so kommt die lyrische Dichtung … zur dramatischen Dichtung, ohne dramatische Form anzunehmen.«

Die äußerlich offensichtlich fehlende dramatische Form des Gesamtwerks weist trotzdem auf Pessoas aristotelische Spiel-Bühne hin, er, der sich als Dramatiker verstanden hat, auf der mit dem Eigentlichen auch die anderen alle, die ihre Rollen einzunehmen haben wie die Lyriker Alberto Caeiro, der bukolische Meister, Ricardo Reis, der Odendichter, Álvaro de Campos, der durch die Zeiten und Moden taumelnde Euphoriker, wie auch die sich in Prosa ausdrückenden Barão de Teive, der Stoiker, Antônio Mora, der philosophische Anarchist und Gaukler und nicht zuletzt Bernardo Soares, das alter ego Pessoas, der Hilfsbuchhalter aus der *Baixa* Lissabons; auch Alexander Search sei neben den von Pessoas Hand namentlich festgehaltenen mehrere Dutzend Heteronymen, die jedoch ohne schriftliche Zeugnisse geblieben sind, erwähnt und finden ihre statistischen Rollen in diesem lusitanischen Bühnenkosmos, der sich im Olymp auf der Weltkarte der Poesie zu einem Kontinent auswächst.

Die umsichtige und kluge Auswahl, die Inés Koebel für Pessoa ipse, den Eigentlichen, getroffen und für uns ins Deutsche gebracht hat, zeigt den dichtenden Denker Pessoa, der dem Leben, der Existenz nachspürt, seinen Träumen, seinem Sehnen, der den Tod umkreist, und in allem, was bei ihm ins Bewusstsein und in die Dichtung fließt, die Vanitas mit sieht, sie zeigt den melancholisch Sinnierenden ebenso wie den spitzbübisch politischen Polemiker, wie auch den nicht unbedingt lupenrein bekennenden Christen, sie zeigt für einmal einen Pessoa, der, beinahe ungeschützt, auch ganz persönliche, ja intime Erinnerungen aufblühen lässt, die uns Leser im Innersten treffen und, trotz mitempfundener und beim Lesen mitschwingender Melancholie und Trauer, durch die Schönheit der Verse und die Vergangenes und Unwiederbringliches beschwörenden Bilder glücklich zurücklassen.

Die Schönheit: Was muss, was soll die Poesie? Sie muss nichts müssen. Sie möge, auf den Grundnenner gebracht, schön sein. Im gesamten Werk Pessoas finden sich Verse von unvergleichlicher Schönheit, sie lesend zu verinnerlichen kommt jenem Erlebnis gleich, das uns das Genießen eines schweren tiefen Weins beschert. Ein Rausch erfasst nicht selten jene, die sich so dem Zauberer überlassen. Ein zu Herzen gehender, betörender, sehr persönlicher Text, die Evokation einer Kindheitserinnerung, geschrieben wenige Wochen vor seinem Tod, ist dafür ein eindrückliches Zeugnis, *Un soir à Lima.* Wir hören die uns unbekannte Melodie der Serenade mit, wir verbinden die Bilder mit unseren eigenen Erlebnissen und sind tief in die melancholische Schönheit der Poesie des Dichters eingetaucht.

Das Fühlen: »Es genügt ans Fühlen zu denken, um mit dem Denken zu fühlen.« So beginnt ein Gedicht, geschrieben 1932, und es zeigt, aus welcher intellektuellen und seelischen Landschaft sich Pessoa und damit sein Schreiben gemeldet haben. Das Fühlen, darin war er »der Argonaut der wahren Empfindungen« (Caeiro), führt zum Denken, und mit dem Denken wird ihm seine eigene Rolle, die des dem Künstler innewohnenden Täuschers, bewusst. Damit spielt Pessoa ausgiebig seinen künstlerischen Part aus und gibt uns nicht wenige denkerisch-logische Rätsel auf, über die wir stolpern, wenn er seine Behauptungen mit demselben Atemzug zurücknimmt, mit dem er sie ausgesprochen hat. Dieser Tatsache bewusst, spielen wir als Leser mit ihm mit, um daraus unsere Erkenntnis oder unser Unverstehen zu ziehen, zwei jedenfalls reizvolle Größen.

In einem seiner letzten Texte, datiert vom 19. November 1935, elf Tage vor seinem Weggang, darin die Verse »Über der Seele das unnütze Flattern / Dessen, was nie war noch sein kann, und alles ist. / Gib mehr Wein mir, denn das Leben ist nichts.«

Wie hat Bernardo Soares im »Buch der Unruhe« notiert? »Wenn das Herz denken könnte, stünde es still.«

Eiswerder, zwischen den Jahren 2013–2014

Inhalt